VINTE E ZINCO

Obras do autor:

Vozes Anoitecidas, 1.ª edição, 1987; 7.ª edição, 2002
Grande Prémio da Ficção Narrativa 1990

Cada Homem é uma Raça, 1.ª edição, 1990;
8.ª edição, 2002

Cronicando, 1.ª edição, 1991; 7.ª edição, 2003
Prémio Anual de Jornalismo Areosa Pena 1989

Terra Sonâmbula, 1.ª edição, 1992; 7.ª edição, 2002
Prémio Nacional de Ficção da Associação
de Escritores Moçambicanos (AEMO) 1995
Considerado por um júri especialmente criado
para o efeito pela Feira Internacional do Zimbabwe
um dos doze melhores livros africanos do século XX

Estórias Abensonhadas, 1.ª edição, 1994; 7.ª edição, 2003

A Varanda do Frangipani, 1.ª edição, 1996; 7.ª edição, 2003

Contos do Nascer da Terra, 1.ª edição, 1997; 5.ª edição, 2002

Vinte e Zinco, 1.ª edição, 1999; 2.ª edição, 2004

Raiz de Orvalho e Outros Poemas, 1.ª edição, 1999;
3.ª edição, 2001

Mar me Quer, 1.ª edição, 2000; 3.ª edição, 2003

O Último Voo do Flamingo, 1.ª edição, 2000; 3.ª edição, 2002
Prémio Mário António de ficção

Na Berma de Nenhuma Estrada e outros contos, 1.ª edição, 2001;
3.ª edição, 2003

O Gato e o Escuro, 1.ª edição, 2001; 2.ª edição, 2003

Um Rio Chamado Tempo, Uma Casa Chamada Terra,
1.ª edição, 2002; 2.ª edição, 2003

O Fio das Missangas, 1.ª edição, 2004; 3.ª edição, 2004

MIA COUTO

VINTE E ZINCO

Romance

2.ª EDIÇÃO

CAMINHO outras margens 35

autores estrangeiros de língua portuguesa

A 1.ª edição de *Vinte e Zinco* foi publicada em 1999 na colecção Caminho de Abril (Editorial Caminho), comemorativa dos 25 anos do 25 de Abril.

VINTE E ZINCO
(2.ª edição)
Autor: Mia Couto
Design gráfico: José Serrão
Ilustração da capa: Naguib, *Vinte e Zinco*, pintura, 2004

Tiragem: 5000 exemplares
Impressão e acabamento: Tipografia Lousanense, L.da
Data de impressão: Setembro de 2004
Depósito legal n.º 214 604/04
ISBN 972-21-1250-3

www.editorial-caminho.pt

À Patrícia

*«Vinte e cinco é para vocês
que vivem nos bairros de cimento.
Para nós, negros pobres que vivemos
na madeira e zinco, o nosso dia ainda está por vir»*

Fala da adivinhadora Jessumina

«O Homem nunca é cruel e injusto com impunidade: a ansiedade que cresce naqueles que abusam do poder frequentemente toma a forma de terrores imaginários e obsessões dementes. Nas plantações de cana-de-açúcar, o senhor maltratava o escravo, mas receava o ódio deste.
Ele tratava-o como besta de carga, mas temia os ocultos poderes que lhe eram imputados.

Quanto maior era a subjugação dos negros, mais eles lhe inspiravam medo. [...] Talvez alguns escravos se tenham realmente vingado sobre os seus tiranos — mas o medo que reinava nas plantações tinha origem em mais profundas camadas da alma — era a feitiçaria e o mistério de África que perturbavam o sono dos senhores da "casa grande".»

Voodoo in Haiti,
Alfred Metraux, 1959

19 de Abril

> *«O torturador necessita da vítima para criar verdade nesse jogo a duas mãos que é a fabricação do medo»*
>
> Dos cadernos de Irene

Lourenço de Castro entra em casa, à mesma hora de sempre, essa hora em que a luz adoece, cansada de tanto dia. Roda o manípulo da porta com cuidado como se o mundo se pudesse desconjuntar a partir daquele gesto. E logo a voz da mãe, lamparinando o fundo do corredor:

— *É você, meu filho?*

Dona Margarida comparece na entrada da velha casa colonial. Cobre as costas do filho com um casaquinho, feito por suas mãos. É fim de Verão, mas as noites já arrefecem no litoral. Lourenço de Castro encolhe os ombros, a jeito de ela estender o casaco. Outra vez cansado, mais morto que peixe. Ninguém avalia o custo de ser inspector da PIDE, em pleno mato africano, lá onde o pé de branco nunca assentou. A vila de Moebase tem outros brancos, sim, mas poucos. Os dedos das mãos sobram se os quisermos contar. Há quem? O padre Ramos, o médico Peixoto, o administrador Marques e o agente Diamantino. Mais as duas mulheres de casa, a mãe e a tia Irene. Mas as mulheres não contam. Assim se dizia em casa dos Castros. Maior parte das vezes até descontam, acrescentavam.

A chegada de Lourenço de Castro a casa é um ritual, sempre igual. A mãe, infalível, exerce o amparo que é devido a um guerreiro. Mas este guerreiro, de espáduas circunflexas, não exala glória. O inspector Lourenço arrasta-se para a casa de banho e lava as mãos. A água corre como se não bastasse um rio para o limpar.

— *Por que não confessam? Custava alguma coisa...*

O sangue vai gotinhando na bacia. Ele estende os braços, ainda húmidos. A mãe enxuga-os, com terno vigor.

— *Lavou bem, querido? Agora, venha. Já preparei a sua caminha.*

O pide vai à cozinha e volta a passar as mãos por água. Cheira os dedos como se quisesse confirmar a teimosia de alguma nódoa. A velha mãe pega-lhe nos braços, beija-lhe os dedos finos.

— *Bonitas mãos, fazem lembrar...*

— *Estou cansado, mãe, quero dormir. Onde está o pano?*

— *O pano foi para lavar. Estava cheio de baba. Você está-se a babar muito, fico preocupada, não será dessas maleitas africanas...*

— *Eu não durmo sem o pano, a mãe já sabe.*

— *Está outro pano já lavadinho debaixo da sua almofadinha.*

O pide deita-se. A mãe, na cabeceira, lhe aconchega o lençol. O filho, inquieto, espreita o quarto:

— *O cavalinho?*

— *Já lhe chego o cavalo, não se preocupe.*

Ela arrasta um cavalinho de madeira, coloca-o a jeito de Lourenço tocar a sua crina. O pide crispa os dedos na garupa do cavalinho e fá-lo balançar.

— *E a tia Irene?*

A mãe desvia os olhos. Sempre na mesma, essa Irene. Que vergonha, uma branca proceder daquela maneira, desapossuída de juízo. E pior que ter perdido a razão: ela perdera o pudor.

— *Que sina a nossa, meu filho!*

Pausa. Suspiros. O polícia pára de balançar o cavalo. Soergue-se para olhar melhor o rosto de Dona Margarida.

— *Ela voltou a sair hoje?*

— *Voltou, pois.*

— *Veio outra vez toda suja?*

— *Suja?! Aquilo é argila, coisa limpa.*

— *Argila? Matope é o que aquilo é. Temos que acabar com isto, mãe. A tia Irene compromete-nos e nós temos um nome a defender.*

— *Tenha paciência, Lourenço. Irene é a nossa única família. Não se esqueça: não temos mais ninguém.*

O silêncio que se instala faz pensar em culpa. Alguma punição divina. Quem sabe, artesanato do diabo. O quarto parece ter ficado abafado. O inspector examina os braços, como se procurasse um desarrumado detalhe.

— *Isto aqui não é sangue?*

— *Não, filho, não é. Pegue no pano e durma.*

— *Dormir? Se a mãe soubesse o ódio que eu tenho a esses pretos.*

— *Não diga isso, filho. Há bons, há maus.*

A mãe retira-se, costas dobradas, arredondadas como o dorso do corvo. O corredor recebe-a como se ela pertencesse às trevas. E tudo se escoa, silêncio e escuridão.

Passam-se horas e as luzes de novo se acendem, interrompendo a noite. Os gritos de Lourenço ecoam no corredor. A mãe acorre, sem pressa. Traz um copo de leite na mão. Já sabe o que se passa quando se debruça sobre o filho.

— *Outra vez o pesadelo?*

Lourenço nem responde, ocupado em respirar. O suor desenrola-se, um líquido lençol o recobre.

— *Os tambores. Não os ouve?*

— *Era um batuque, mas já parou há algum tempo.*

— *Mas eu continuo a ouvir, mãe.*

Ela senta-se na cabeceira, limpa-lhe o suor e estende-lhe o leite morno. O filho recusa. Há uma raiva que ele não consegue guardar. A mãe corrige a porta, ainda que não haja aragem nenhuma. Se não corre brisa por que razão a bandeira portuguesa tombou da parede onde estava pendurada?

— *É esse cego, eu ainda vou dar cabo desse gajo.*

— *O cego Tchuvisco? Deus ainda o castiga. Que mal pode fazer esse pobre diabo?*

— *Esse gajo é que faz isto tudo, mãe.*

— *Disparate, filho.*

— *Acredite em mim, eu conheço essa gente.*

— *Você anda agitado, Lourenço. Prometa-me: amanhã vamos ver o doutor Peixoto.*

— *Eu não estou doente, mãe.*

— *Mas ele já anda a tratar a tia Irene, não custa nada...*

— *Não vou, já disse que não vou.*

A mãe acaricia os cabelos do filho. A respiração desofega, os olhos estão suspensos no infinito do tecto.

— *A mãe pode espreitar-me?*

— *Outra vez o umbigo, Lourencinho?*

— *Está-me a crescer, mãe. A sério, desta vez é a sério. Até já estou a sentir o cordão umbilical a sair-me.*

— *Deixe que eu lhe faço uma massagem e isso já passa.*

A mãe senta-se na cama e esconde as mãos por baixo dos lençóis. Seus olhos agasalham muita ternura.

— *Vê, mãe? Eu não dizia?*

— *Já vai passar, filho.*

— *Isto só pode ser feitiço da pretalhada. É esse cego, mãe.*

A mãe volta a ensaiar uma retirada. À porta, ainda ganha coragem e pergunta:

— *Está tanto calor. Não quer mesmo a ventoinha?*

— *Nunca! Ventoinha, nunca!*

— *Pronto, pronto! Era só uma ideia. Durma, filho. Durma.*

20 de Abril

> *«Ninguém nasce desta ou daquela raça. Só depois nos tornamos pretos, brancos ou de outra qualquer raça»*
>
> Extracto do diário de Irene, parafraseando Simone de Beauvoir

Irene sacode as pernas. Em vão. O matope, já seco, se agarrara ao corpo como se fosse uma outra pele. A irmã, Margarida, espera-a à porta.

— *Francamente, Irene. São horas de voltar?*

— *São horas de tudo, mana.*

— *E onde estiveste, posso saber?*

— *Nas lagoas. Vê o que eu trouxe.*

Da blusa ela retira um frasco velho. Suspende-o no alto para que se veja à transparência.

— *Sabes o que é? É uma aguinha tratada.*

— *Voltaste à bruxa!*

— *Em África não há bruxas. Jessumina é uma mulher com poderes. Tu sabes, Guida, mas tens medo de aceitar.*

Irene dança em volta da irmã. A diferença de idades, na circunstância, se evidencia ainda mais. Irene, mais moça, é dessas mulheres bravias, vivas de nascença. Ela tem corpo e rosto, tudo em estado desejável. Se não fosse louca ainda havia esperança de se lhe arranjar pretendente. FIS/FIT

Irene viera para África depois que seu cunhado Joaquim de Castro morrera. A viuvez é demasiado pesada para se suportar em solidão. Por isso, Margarida requereu a presença de Irene e lhe pediu o pleno exercício da irmandade. Em vão. Em Moçambique, a jovem Irene se descaminhara, exilada do juízo e das maneiras. Se misturara com os negros, dera licença a rumores e vergonhas. Procedimentos que despergaminhavam a honra familiar. Já seu marido Joaquim de Castro havia sido agente da PIDE. O filho Lourenço imitara-lhe as pisadas. Esperava-se da família Castro que emanasse o exemplo. Não acontecia, devido a Irene. Afinal, onde a noite mais escurece é em volta do pirilampo.

Margarida quase sente pena de Irene quando a olha agora, dançando com o frasco entre os dedos. Quase podia ser compaixão. Mas é inveja. Assim, bela e feliz, Irene escapava à cinzentura daquela casa, vergada sob silêncios e suspiros. Em tudo que fazia, Irene se acendia em fogo de dentro. Enquanto ela não passava da cepa morta. A moça usufruía do lugar, sem fronteira de medo. Passeava sozinha nos bairros dos negros. Sentava-se com eles. Bebia e comia com eles. Pelas tardes, escapava ao tempo nos lagos de Nkuluine. Estava proibida, mas quem pode mandar em loucura?

— *Cá para mim ela não está tão louca como parece.*

Lourenço desconfiava da autenticidade da tia. Pode-se enlouquecer assim, em tão breve tempo? Se ele próprio, vivido nas durezas de África, se mantinha lúcido e pronto para dar a sua vida por essa lucidez?

— *Os horrores que eu vi e não perdi a razão.*

Referia-se, todos sabiam, à morte de seu pai, Joaquim de Castro. Ele assistira a tudo no helicóptero.

↳ not horrors he's inflicted

O pai estava fardado e mantinha-se de pé, lutando contra o balanço. Seus gritos, ásperos, sobrepunham-se ao ruído do motor. Mandava que os presos, de mãos atadas, se chegassem à porta aberta do aparelho. Depois, com um pontapé ele os fazia despenhar sobre o oceano.

Daquela vez, o pai decidira que Lourenço o devia acompanhar para ver esse espectáculo. Dizia: experiências daquelas é que endurecem o verdadeiro homem.

— *Você vai ver, filho: os cabrões esbracejam no ar como se quisessem ganhar asas.*

Anichado no canto do aparelho, Lourenço sofria de enjoo. Mas ele não podia confessar essa fraqueza quase feminina. Passava-se ali prova tão macha e ele esverdeava, na iminência do vómito? Forte, ser forte que os fracos não gozam a História. Palavras do velho Castro esconjurando os mimos de Margarida. Mariquices, isso é que dá cabo de um homem. Lourenço ansiava comprovar suas habilidades para bravezas. Por isso, ali no helicóptero, ele se esforçava por não dar parte de frouxo.

De repente, um emaranhado de pernas se cruzou em redor de Joaquim de Castro. Como tesouras de carne os membros inferiores dos presos enredaram o corpo do português. Os prisioneiros lutavam, arrumados em prévia combinação. Cairiam eles, mas o Castro iria junto. O português gritou, pediu ajuda ao filho. Mas este nem se mexeu. Olhos esbugalhados, viu o pai ser ejectado do helicóptero. Súbito, lhe pareceu eclodir um pássaro, composto em asas e plumas. Mas nada tombava sobre o mar. Flutuavam penas dispersas como saídas de um buraco de nuvem. Essas plumas embaladas em hesitante brisa eram a única memória que lhe restara daquele momento. Para além do barulho das hélices, sobre a cabeça. Nunca mais haveria de suportar ventoinha. Fizesse calor de torrar, a ventoinha estava interdita.

Desde então, Lourenço tinha um único propósito em sua existência. Só uma ideia se trancara em sua testa. Ele não era de falas, muito menos risos. Seco, mas artimanhoso. Sua ascensão na polícia política se fez rápida, à força de muito serviço mostrado. E de muito mais serviço que não podia mostrar.

Sua mãe Margarida receava pelo estado de seu único filho. Porque ele nem pensava em mais. De sua vida não se despontava prazer, mulher, diversão. Às vezes, quando o via aparar com mais cuidado o bigode, uma breve esperança se acendia. Logo frustrada, quando ele se refugiava no solitário escritório. Assim, só e triste, se convocam as temíveis doenças. E, quem sabe, os maus espíritos? Sabe-se lá foi por isso que Irene contraíra aquele desjuízo dela.

— *Irene não é nossa família, mãe.*

Toda aquela raiva de Lourenço contra a tia afligia Dona Margarida. Porque, ao mesmo tempo, na penumbra da sala onde o filho se fechava, sobrava sempre o álbum de fotografias da família. Na manhã seguinte, as fotos da tia amanheciam fora do álbum. E a mãe, em silêncio, voltava a guardar as imagens da adolescência de sua irmã. Como se reordenasse o tempo e corrigisse o presente.

O rodar da maçaneta faz despertar Margarida. Irene continua dançando, volteando-se pela sala. Lourenço, entrado na sala, estremece. Irene passa rodando, pernas deixadas nuas pelo arregaçar da saia na cintura. Se percebe que aquela dança não é europeia. É ritmo africano. A mulher branca se balança como se seu corpo albergasse o mundo dos outros. Dona Margarida se apercebe da afronta.

Urge criar desatenção. Ela se empenha em ser mãe: cumpre o ritual, casaco em riste para abrigar o filho. Um gesto brusco fez saltar o casaco.

— *Ela foi outra vez às lagoas!*

Sempre embalada por uma inaudível música, Irene vai de encontro ao sobrinho e lhe mostra o frasquinho. Margarida, em vão, gesticula. Recomenda recato à irmã. Mas Irene desafia o sobrinho. A moça o que fazia? Abria janelas em noite de tempestade?

— *Sabe o que é isto, sobrinho?*

— *Foi outra vez à porcaria das lagoas?!*

— *Dentro deste frasquinho está uma água que me deu Jessumina.*

Pára, afogueada. E explica com coração nas palavras: aquele era o líquido em que os abutres lavavam os olhos. Aquela água apurava visões de quem delas carecia. E ela pedira aquele líquido para lavar os olhos de Tchuvisco, o cego seu amigo.

— *Não quero ouvir falar desse nome.*

— *Quem, Tchuvisco? E porquê, Lourenço?*

— *Esse nome não volta a ser pronunciado nesta casa. Eu não lhe disse que não a queria ver mais com esse preto?*

Irene ergue o queixo, em afronta. Sua voz solavanqueia entre agudos e rouquezas, entornando frases nos fôlegos. Há ali o confronto deslocado de uma outra guerra. Nesse conflito, a voz de Irene se engatilha, às vezes, fio tremente, outras vezes, espantada com sua própria grandeza.

— *Lourenço, o menino não entendeu uma coisa: você não manda, você só dá ordens. Entendeu?*

— *Pois eu lhe mando uma coisa: cubra essas pernas imediatamente.*

Irene, em desafio, desabotoa a saia. A roupa lhe tomba, em suspiro, a seus pés. Depois, de um puxão ela faz saltar os botões da blusa. Assim, em vasta nudez, se antepõe perante o sobrinho. O homem reage com disparada violência. Arranca-lhe das mãos o frasco e arremessa-o de encontro ao chão:

— *Veja o que faço à merda das suas mezinhas!*

Os olhos de Irene se inflamam. Aos poucos seu rosto se lhe despertence. A mulher, vê-se, vai perdendo a matéria e o volume do juízo. Levanta o cabelo com as duas mãos como se entendesse domar a alma que lhe escapa. Com um áspero sibilo ela faz gelar a sala:

— *Pois, eu vos digo: esta casa vai definhar, até nela apodrecer o espírito desse monstro que foi esse teu pai.*

Ali há só o tempo, enredado em silêncio. A um canto, Margarida se resume a lágrimas. Irene prossegue, desdobrando a fala com lentidão:

— *Haveis de enterrar mil vezes esse falecido. E será sempre enterro falso. Que esta terra nunca, mas nunca o irá aceitar.*

Despida e desfigurada, Irene se aproxima do cadeirão onde, em vida, Castro celebrava as refeições. O lugar do falecido se conservara ali, intocável. Na mesa posta, talheres, pratos e copo encenavam presença. O nome de Joaquim de Castro jamais se pronunciava, após seu falecimento. Mas a cadeira se guardava como se aguardasse ressurgência. Em fúria, Irene enfrenta o lugar do morto. Derruba a cadeira, atira o guardanapo ao chão. O sobrinho se ergue com decisão de violência. O braço de Margarida lhe impede o gesto. Lourenço fraqueja no fazer, incompetente no calar. De novo, Irene lhe faz frente:

— *Pensas que tens o poder de matar? Pois esta gente, os pretos como tu lhes chamas, tem poderes que desconheces. Esses que mataste ainda estão por aqui, deste lado da vida. Só matas os que eles deixam morrer.*

21 de Abril

«Cegueira é ver o nada.
O não ver nada é a morte.»

Dos cadernos de Irene

O cego Andaré Tchuvisco: o que ele via eram futuros. Nada em actual presença. Sabia de suas tintas, seus pincéis. Ele, pintor de um único objecto: a cadeia da PIDE. Andaré pintava e repintava apenas as paredes da prisão. As gentes se duvidavam: como alcançava esse moço pintar, ele que não via nem nariz nem palmo. Na verdade, Tchuvisco conhecia a prisão de cor e salteado. Do mais, ele desconhecia acerto. Política? Ignorava. Cegos que fossem, seus olhos se guardavam no chão. Tchuvisco dizia: os vivos têm sombras que se desenham no tempo.

— *Vocês não vêem essas sombras?*

O cego não via para crer. Se os visuais enxergavam luzes, como não distinguiam penumbras que se sucedem? Cada ser tem duas margens, uma em cada lado do tempo.

— *Os senhores apenas avistam a primeira margem.*

Só o inspector Lourenço de Castro deitava suspeição no cego. Os outros o credenciavam, ele e mais seu estado sem atestado. E riam, acreditando as palavras de Tchuvisco serem poesia, doença de irrealizar o mundo. Pobre do Tchuvisco, que outras compensações ele ganhava? Diz-se que cegou logo cedo, na poscedência do parto. Estava o pai aguardando os quenquelequezês, a apresentação do menino à lua. A criança repousava num cesto, resguardado desses maus cacimbos que impedem o encerramento da cabeça. As doenças entram pela moleirinha, essa fresta onde não somos nem corpo nem alma.

Foi então que ele foi mordido. Mais rasteira que poeira, veio essa cobra, a tal que rasteja só pelo luar. Não é que é nocturna, não. É bicho luadeiro. Morde doce, quase uma ternura de dois canos. É o que se diz, verdades: neste mundo, só inspiram medo os açucarosos venenos. A serpente lhe fincou os dentes e, no imediato, seus olhos se azularam, opacos de porcelana. E nunca mais ele leu em nossa visibilidade.

Outros avançavam outra versão. Seu caso tinha sido um próprio, de vida e morte. Acontecera que a morte visitara Andaré mesmo antes de ele nascer. O ventre de sua mãe ainda o fabricava quando a morte com ele fez encontro. E disse:

— *Venho roubar o seu moya.*

— *Mas tão cedo?* — perguntou o antenascido.

— *É para não chegar a haver tempo.*

— *Mas, assim, sem que eu devidamente tenha nascido?*

— *É para, desta vez, não me acusarem. Estou cansada de ser maldiçoada na voz das gentes.*

E a morte iniciou suas inactividades para anular naquele ser o milagre de estar vivo. Mas, nisto, um estranho som se aventurou pelos ares. Era a mãe de Andaré que cantava. É sabido: a morte não suporta canto de mãe. E assim, atrapalhoadamente, a morte levantou voo e se retirou. Mas já seus malefícios se haviam praticado: os olhos do menino nunca mais descortinariam a luz.

A família Castro sabia bem que tudo isso não passava de fantasices. A verdade sobre Andaré Tchuvisco era outra. O moço tinha vindo com eles de Pebane, onde o pai Joaquim de Castro começara a sua missão em África. O moço, nessa altura, não era cego. Fora contratado como pintor. Joaquim de Castro tinha essa obsessão: as paredes brancas deveriam permanecer assim, alvas e puras, sem vestígio de sangue. O chão da prisão tinha sido encerado de vermelho. Justo para que não se detectasse o sangue dos torturados. No chão, sim. Nas paredes, nunca. De onde vinha esse medo de as paredes revelarem as vermelhas nódoas? Quem sabe o sangue é mais vivo que o próprio corpo?

Andaré era um jovem educado em escola, recomendado pelos padres que o escolarizaram. Trabalhou ali durante uma meia dúzia de anos. E biscateava na oficina de Custódio Juma, onde labutava o mulato Marcelino. Nos intervalos das pinturas, Andaré sempre comparecia para avaliar as paredes da prisão. Espreitava e tacteava, anotava o desluz de um vermelhinho. A mais mínima nódoa e já ele repincelava.

A certa altura, porém, o moço adoeceu das vistas. Seus olhos começaram a desbotar, mais e mais azulecidos. Estaria o moço consumindo desses álcoois que roubam a luz dos viventes? O certo é que, para ele, o mundo escureceu, dissolto em trevas. Ele pensou ter sua ocupação chegado ao fim. Mas o inspector Castro condescendeu: o homem continuasse em seu ofício, dispensado de visão.

A família Castro se moveu de Pebane para Moebase e o cego os acompanhou. Se instalou em recanto tão discreto, que os brancos não ousavam visitar. Diz-se que apenas Irene se aproximava do lugar de sua vivência.

Quando o velho Castro morreu não houve funeral. Nem podia haver, sem resgate do corpo despenhado no oceano. O cego Tchuvisco trouxe uma mão-cheia de terra e depositou-a junto à residência do falecido. Foi poeira varrida no exacto seguinte. A vassoura limpasse o chão desse pó contaminado de espíritos: era mando de Lourenço que nunca gostou do pintor. O cego se permitia altivez que nenhum outro negro exibia. E os brancos aceitavam, enfraquecidos pela sua deficiência.

Para o inspector da PIDE, Andaré Tchuvisco merecia espessas dúvidas políticas. Porque ali, em Moebase, havia o desoculto rabo de um gato. Alguma mão ajudava os negros a escapar além-fronteira e a juntarem-se aos guerrilheiros que atacavam os interesses portugueses. Não se vislumbrava quem. Esse subversivo devia ser um incapaz de levantar suspeita. Para Castro, ali cabia bem o cego. Faltavam, no entanto, todas as provas. Porque, até ao presente, o cego Tchuvisco seguia em sossegada existência. E mais não se sabia. E que outra veracidade se podia peneirar? Um cego semelha uma ilha: navegante à espera de viagem, um silêncio frente ao espelho. Indiferente a tudo, Tchuvisco se dava a metafísicas:

— *Vocês vêem os vivos, eu vejo a vida.*

E ria com todas as sílabas. A horas certas ele se afastava do passeio onde se esbanjavam as vendedeiras. E partia sem aparência de rumo, seus passos gaguejando pelas bermas. Mas avançava com estudada elegância. Como se o pé não apenas andasse, mas saboreasse o espaço.

— *Sou íntimo do nada. Por isso, chego a arredores onde vocês nunca tocarão.*

Por onde ia nesses poentes? Dá azar seguir um cego. Mesmo Lourenço de Castro, carregado de suspeitas, nunca ousou perseguir o homem. E quando perguntava sobre os destinos de Tchuvisco, nunca recebia nenhuma resposta. Ninguém nunca conferira onde ele se ocultava, nos acasos desses ocasos. A perdiz esgaravata a areia num lugar onde ninguém a conhece. Mas nem no sonho o povo se permitia invocar o cego. Que os azuis olhos de Tchuvisco não sossegavam quem os contemplasse. Como quem trouxesse o céu no rosto só para nos fazer cair do voo abaixo.

Mas, certa vez, alguém encontrou Tchuvisco por baixo da grande maçaniqueira, rabiscando desenhos na areia. A árvore se plantara onde se cruzam os caminhos do este e do oeste. Ali tinham sido enterrados Marcelino e seu tio Custódio. Suas sepulturas olhavam o poente, como mandam os antigamentes. Hoje, não restava sinal de seus túmulos. Apenas o vago entrelaço de dois panos brancos, suspensos dos ramos da árvore. E, agora, os rabiscos do cego Andaré Tchuvisco. Como, desenhos? Não seria coisa por de mais inacontecível? E quem sabe do impossível? Pode a mão de um cego apurar visões de um pintor de artes? Uma coisa é pintar a lisura da parede. Outra é desenhar o traço e encher o volume de belezas.

— *Quero ver isso com meus próprios olhos* — exclamou o pide.

Dia seguinte, Lourenço de Castro foi espreitar essa grande tela que era o chão onde sombreava a árvore sagrada. E surpresa: os desenhos eram de belezas tamanhas, pareciam nem caber na terra. Os traços abraçavam os olhos de quem os tocasse, as cores eram certeiras, as formas em delicada pontiagudeza. Os temas não variavam. Eram sempre mulheres, corpos talmente verdadeiros que semelhavam mover-se, em ilusão de dança. Como as dançarinas do tufo, essa dança das dengosas damas que se saracoteiam sem sair do sítio.

Figurinhas assim arredondosas, essas mulheres curvilindas despertando febres: tudo se maravilhava na moldura do chão. A Lourenço surgiu, em flagrante visão, que aquelas esculturas insinuavam ser Irene, todas elas inspiradas em sua tia. O coração dele se enregelou, ave desninhada. E saiu, afastando-se em largas e urgentes passadas.

Oedipus complex

E logo ali se juntou um corrupio de povo. Tantos ali vinham espreitar, que os desenhos se esvaneceram, de pisados e poeirados. E as vozes, bazarinhadas:

— *Eh pá! Já apagaram a merda dos desenhos!*

— *Foi o inspector!*

— *Não foi, foram vocês mesmo. Vocês, caraças, são mesmo população. Calcaram essas belezas, parece estão a pisar cascas do amendoim...*

— *Vamos mas é daqui, que isto vai chamar azares...*

Aos poucos, os ânimos esmoreceram e a praça vazou de gente e de vozes. Mas, a partir daquele episódio, não era só Lourenço a duvidar do real obscurecimento do cego. A suspeita alastrou-se. Como pode um cego autenticado produzir tais desenhações? Afinal, o tipo fingia de conta que não via. Só para lhe devotarem caridades, autorizarem as controversáteis manias dele?

Irrefutáveis, porém, eram os olhos azuis de Andaré. Aquela era a contraprova, a inconstestável descoloração em seu rosto negro. E os viventes se arrependiam de alguma vez terem duvidado. Só o pide Castro dava deferimento a suas antigas suspeitas.

Regressando a casa na sua viatura Lourenço percorre, lento, a velha estrada. Os olhos são da louva-a-deus. E se espetam na mulher do passeio, essa que assa e vende maçaroca. Lourenço pára o carro e fala com ela. Tudo em autoritária confidência. Ela que fingisse ofertar a espiga ao cego. Mas, ao invés, lhe estendesse a ponta do ferro e, nela espetado, um carvão aceso. A vendedora não diz sim nem não. Castro lhe pergunta se entendeu. A mulher acena afirmativamente.

Seu plano era de um mais um. Caso Andaré evitasse pegar o carvão era sinal que a tão propalada cegueira não passava de uma mentira. E eis que o cego se chega à vendedeira. Trocam invisíveis palavras. Depois, ele estende a mão e aceita pegar a acha em brasa. Longe, entre as moitas, o português escuta o grito lancinante. Mas ninguém mais, senão ele, ouve o lamento de Andaré Tchuvisco. Porque, se diz, nem um som saiu da boca do cego.

22 de Abril

«A vida é infinita. Mas nada
é tão enorme quanto a morte.»

Dos cadernos de Irene

Andaré Tchuvisco sacudiu as cinzas de sua mão. Depois, soprou os dedos com esmero de quem desperta um filho. O cego demorava-se em cada acto, sabendo que carecia de tempo para regressar a seu corpo.

E se sentou a derivar memórias, ondas só de chegar. A cegueira aditava valor a essa caixa de lembranças do tempo em que ainda podia ver. Recordava Irene com seu mulato Marcelino. Atrevimento desses sempre se paga com coração. O tempero da alma de Irene se revelara desde que ela desembarcara em Moçambique. Irene chegara a Pebane sem modos de ocupadora, ela em si requerendo apenas o espreitar respeitoso de quem não quer posse nem domínio. Se comportava como era: estrangeira, vivendo em território colonial.

Nessa altura, Irene conhecera Marcelino. Como ela se despertou nele é assunto de não se entender. A portuguesa era açucarosa, capaz de arredondar micaia. Já o mecânico era homem de afiar existência, sem paciência para mornices nem fio para meios panos. O universo, para ele, era simples: o bicho era hiena ou coelho. Revoltado e revolteado. Marcelino vivia com sua mãe, Dona Graça, em casa de seu tio Custódio. O tio era dono da oficina, especialista em engrenagens e viaturas. A mãe se dizia viúva. Mentira de sua aparência. Todos sabiam que o marido, esse que houve, nunca chegou realmente de existir. Era um português que se desbandeirara por rumos e fumos. Fez-lhe um filho. E, depois, mais nada e nunca mais. Dona Graça amealhava seu próprio sustento: vendia amêijoa no bazar da vila, de modo a não pesar no irmão.

Tudo decorria no bom sossego familiar não fossem os tempos. Se no mundo tudo era desentendimento, como podia uma família resistir? Muito-muito era Marcelino quem sofria das injustiças alheias. Foi ele quem meteu Irene nas políticas. Ela era branca, cunhada de um agente da PIDE. Como podiam suspeitar dela?

Andaré Tchuvisco costumava parar por aquelas bandas da oficina, escutar os sons das ferramentas, o bater nas chapas. Na altura, Andaré ainda gozava das boas vistas. O mundo se mobilava de luminosidade. Quem estava de marimbas para essas alegrias era Marcelino, sempre apto a recolher motivos de zanga e ofensa. Tudo isso o mulato traduzia em suas pregações políticas. Só o tio Custódio desconhecia motivos para indisposições. Melhor era ignorar. Afinal, quem não sabe viver não sabe sofrer. O sobrinho bem tentava convencê-lo dos assuntos da Revolução. O mundo precisa de ser cambalhotado, o invés do viés, dizia o jovem. Mas o tio esguelhava, suspeitoso:

— *Não me venha com essas ideias de política. A política é desses incêndios que se acendem na casa do outro e quem arde é a nossa casa.*

— *A política, caro tio, só é perigosa quando a vida é ainda mais perigosa.*

Não havia meio. Custódio se esquivava das razões do fraco contra o forte. Valia a pena tentar mudar este nosso mundo? O céu nunca pousará na terra nem a montanha descerá ao vale. E argumentava: um patrão sofre mas é de inveja do criado. Sim, veja o caso do cavalo, dizia. Um cavalo sabe que o dono lhe deve tratar bem. Fosse ele não tinha dono e passava pior.

— *Ser abusado a vida inteira, tio?*

— *Fazemos como o cavalo, pá. Faz conta que obedece, mas basta ele querer e o cavaleiro se despenha da montagem.*

E Custódio concluía: a felicidade é um instante, um relâmpago fora da tempestade. Quem dá a chávena não dá a colher. E quando nos dão luz, lá vem junto o túnel.

— *Eu vos digo, vocês que são miudagens: um criado esperto nunca quer deixar de ser criado.*

Dona Graça, passando de raspão, se encolhia nos ombros. Ela desistia do irmão, teimosia igual nem havia. Onde está a dignidade da pessoa?, perguntava. E suspirava:

— *Este meu irmão é mesmo um gajo.*

Andaré não atentasse nas palavras do mano Custódio. Aquilo era como chifres de caracol: saíam não da boca mas da testa. Por dentro, ele concordava que a injustiça devia terminar. O dono da oficina era cúmplice da grande revolta, Dona Graça assegurava. E ilustrava o exemplo de ele nunca querer usar sapato.

— *Sabe por que motivo Custódio não coloca sapato?*

— *Não, não sei.*

rabo = tail

O sapato, neste nosso mundo, explicava Dona Graça, não é só coisa de pôr e tirar. O dito sapato não compõe apenas o pé mas concede eminência ao homem todo inteiro. O calçado é um passaporte para ser reconhecido pelos brancos, entrar na categoria dos assimilados.

— *Existe dois tipos de pretos: os calçados e os pretos.*

Tio Custódio se vangloriava da sua descalcidão. O mato estava sempre renascendo sob seus pés. Isto era seu dito. E mais se atribuía: onde seu pé tocasse o chão, se apagaria a obra desses brancos. O passo dele punha o mundo a andar para trás. Portanto, sentenciava Graça, o seu irmão estava concluído e perdoado: ele dedicava igual amor à sua terra. Simplesmente, não queria demonstrar. Afinal, a árvore alta é que apanha com todas as ventanias.

Dona Graça dizia isso para desculpar o irmão? Talvez, devido da sua bondade. Ou fossem outros motivos. Dois irmãos são como duas abóboras: podem chocar mas nunca quebram. A ameijoeira saía cedo, desocupava sua presença na casa e partia entre os cacimbos. A senhora padecia de defeito — seus olhos não pariam lágrimas. Eram inférteis de água: ela não chorava.

— *Quanto mais eu quero chorar mais estou seca.*

— *Já tentou uma tristeza graudona?* — perguntava Andaré.

— *Quer maior tristeza que essa de aturar meu irmão Custódio? Não vale a pena: não deito lágrima.*

Quem ria era Custódio. A mana queria transitar na contramão da vida? Que ele até a podia ajudar a circular por vias da tristeza. E receitava:

— *Beba esta aguardente, mulher: vai ver que até mija lágrima!*

Só Andaré Tchuvisco sabia dos segredos da vendedeira. O que ela obscuramente fazia para vazar suas tristezas era deitar-se, lá fora, em noites de chuva. Ficava amparada no chão e deixava o rosto se inundar de gotas, aos cordões. Eram essas suas lágrimas, aquelas, lhe rosariando pelas faces.

Seu irmão desconhecia o propósito daquela conduta. Custódio se aventurava pelos interstícios da chuva e apanhava Graça do chão. A mana estava encharcada, pesada como terra molhada. Lhe ocorria que, caso demorasse, sua irmã se converteria em mero charco, toda chãopinhada.

Tudo isto sucedia na casa dos mecânicos de Pebane. A vila, em seu doce sossego, mentia sobre o estado do mundo. O tio Custódio, às vezes, convidava Andaré a sentarem juntos na esplanada da Cervejaria Minhota. O garagista ficava ali, faceando a rua, farejando as inocorrências. De vez em quando fechava os olhos e dizia:

— *Faça de contas que sou cego. Agora, me descreva essa mulher que está passando.*

Ficava assim tardes inteiras, olhos cerrados a adivinhar mulheres. Nunca Andaré soube como ele, de pálpebras descidas, acertava se os passantes eram homens ou mulheres. Batoteava, como em todo o resto? Mas fosse o que viesse, Andaré Tchuvisco lhe inventava umas quantas belezas, exemplares de abastecer salivas. E ele sorria, satisfeito. O moço interrompia aquela jigajoga e perguntava:

— *Tio Custódio, o senhor nunca sonhou em ver Moçambique independente?*

— *Essa mulher que se aproxima agora, me diga como ela é.*

— *Agora não vem nenhuma mulher. Me responda: nunca sonhou?*

— *Sonhei o quê?*

— *Nisso que Marcelino sempre fala, nós a mandar na nossa terra.*

— *Sabe uma coisa? É pena.*

— *É pena o quê?*

— *É pena não haver mulher passando.*

Tchuvisco se espantava com o fintar de assunto. Aquele homem em nada era como o sobrinho Marcelino. Um saíra do ovo, outro da casca.

Agora, em sua lembrança, aquela encenação da cegueira lhe parecia um presságio. As palavras de Custódio pareciam vaticinar o futuro de Andaré Tchuvisco. Sabia ele que, amanhã, o moço se iria encerrar em autêntica cegueira?

— *Sabe, meu filho? Eu até havia gostar de ser cego.*

— *Não diga isso.*

— *Estou a falar. Havia de me custar não ver o sol, não ver a árvore nem as belezas voadoras como essa garça.*

— *E não ver as mulheres? Não lhe havia de custar?*

— *É verdade, mas as mulheres você me havia de contar. Se fosse eu era cego uma coisa me deixaria muito feliz.*

— *E era o quê?*

— *Era não ter de olhar mais para as trombas de certos alguns.*

E havia mais vantagem na cegueira, insistia Custódio.

— *Você, se é cego, todos lhe tratam, há sempre uma mão para te segurar. E não é isso que todos queremos? Alguém que nos trate sem que a gente precise pedir?*

Aquela falação toda parecia consolo de véspera. Custódio preparava o desfecho do destino do Tchuvisco? Ou era apenas conversa a crédito? Aquilo, se sabia, era desvio nas seriedades do mundo. Marcelino estivesse presente, e a conversa não escorregava naquelas lenga-lengações. Tudo se tornava grave, cada palavra com seu peso, cada ideia sem nenhuma medida.

— *Você quer fazer a revolução, Marcelino, está certo. Mas para qual finalidade?*

— *Para dar melhor vida a meus filhos.*

— *Pois eu tenho meu plano mais simples para esse mesmo fim. Veja a Martinha, exemplo. Vou casar essa minha neta com um branco. E logo ela, num instante, transita numa melhoria das qualidades. Isso é o meu socialismo, está-me entender? Rápido e acertadeiro como flecha.*

Quando estava com Marcelino, o tio Custódio acabava sempre por beber. Começava por mergulhar os beiços na espuma da cerveja, ficava assim parecia adormecido sobre o copo.

— *Isto não é beber. Estou só a tirar a escama a esta cervejinha.*

Descamava garrafa após garrafa. Deus criou a bebida, o homem fez o copo. Nesses pequenos lugares não há outra religião: o álcool. E nos copos, Custódio punha cobro aos dois dedos de desconversa.

Na oficina tudo mudaria quando, em certa ocasião, Custódio recebeu a encomenda de um serviço. Estavam os três na varanda, o tio, o sobrinho e Andaré. O mensageiro trouxe o envelope com as ordens. O exército colonial requeria que ele se dedicasse, a todo tempo, a reparar as viaturas militares. Mudasse seu xitolo lá para o quartel, transferisse alma e ferramenta.

— *Não diga o tio vai aceitar?*

— *Que remédio. São ossos do orifício.*

Marcelino se opôs, com unhas nos dentes. Se o tio Custódio acedesse em colaborar com a tropa portuguesa então seria a maior ofensa contra o povo. E que nunca mais perdoaria, nem quereria trocar vistas com ele. A discussão, essa noite, acendeu até ao rubro.

— *Até aqui o senhor foi um cobarde. Agora, será um traidor.*

Custódio pareceu pular do próprio corpo. Lançou os braços sobre o sobrinho e lhe cuspiu a pergunta:

— *Você fala de um país novo? Então venha ver uma coisa...*

Puxou-o para dentro de casa, arrastou-lhe até o armário e apontou a fotografia de sua família. Ali na moldura estavam todos, dos avós aos netos, posando na entrada da garagem. Custódio sacudiu o casaco do sobrinho e perguntou:

— *Vê o que está nessa foto? Vê a família? Esse é que é o seu país.*

E virou costas. Marcelino ficou só, olhos postos na moldura como se fosse em estreia. Seus olhos, em verdade, faziam como borboleta em flor: tocavam sem pousar. Porque ele contemplava a ausência naquele retrato. Ali faltava seu pai. Esse homem branco estava condenado à inexistência, exilado do corpo e da voz.

Na semana seguinte, deixou de se ver Custódio. Ele se internara no quartel, com direito a um armazém que era seu quarto, sua garagem. E pouco mais se soube. Mais tarde chegou notícia que ele baixara na enfermaria, adoecido de enfermidade que ninguém sabia identificar. Não sofria de febre, nem de dor, nem abcesso. Simplesmente deixou de comer, sem apetite nem para água, luz ou ar. Se rumorejou: um estado tal era obra de encomenda. Reenviaram-no para casa, já pele e esqueleto. Nunca mais se levantou. Os outros tinham quase receio de se lhe chegar. Irene se prontificou em cabeceirar o doente. E lhe prestou cuidados e remédios. Mas o homem se encontrava terminando. Convocou a família, conforme seu desejo finalista. Já em fio de voz, ele chamou Marcelino e lhe estendeu a mão como se receasse não ser ouvido e o braço, posto em linha com outro corpo, desse garantia de ser entendido.

— *Veja, Marcelino, quanta família há nestas pessoas. Você fala muito de pátria, acreditando ser coisa de muita dimensão. Mas esta gente, nesta pequena roda, esta é a sua única pátria.*

— *Minha família é outra, tio.*

— *Cale-se. Eu já não tenho tempo. Me escute bem: todos estão aqui. Todos, entende?*

— *Não sei.*

— *Cale-se, outra vez. Abra aquela gaveta e tire de lá um envelope.*

Marcelino obedeceu. Ficou segurando o sobrescrito à espera de mais esclarecimento.

— *Isso é carta de seu pai. Há muitos anos ele me pediu para lhe entregar.*

— *Porquê só agora me entrega?*

— *Seu pai foi quem preferiu assim. Agora, me olhe bem: promete que vai ler.*

Marcelino prometeu em falso. Ele nunca cumpriu. A carta foi deixada junto da janela. Mais tarde, quando Dona Graça ousou espreitar, já a chuva tinha ensopado o papel e as letras se tinham esborratado, ilegíveis. Aqueles papéis haveriam depois de ser enterrados junto com o corpo de Custódio. A letra do português, de aguado contorno, estava condenada a apodrecer no fervente chão de África.

Se cumpriam, assim, os derradeiros momentos de Custódio. O moribundo tio aproveitou as suas últimas respirações. Num sopro pediu a Marcelino que retirasse uns papéis de debaixo da almofada.

— *Veja: eu roubei esses papéis lá no quartel. São para si.*

— *Para mim?*

— *Entregue aos camaradas, pode ser que eles sirvam. Desta maneira, pode ser que eu tenha servido também.*

E já quase inaudível, ainda solicitou:

— *Diga lá aos seus chefes que fui eu, Custódio Juma, que desenrasquei essas papeladas.*

Custódio faleceu, terminantemente. Marcelino tomou conta da oficina. Irene se tornou mais presente. Mas a casa do garagista nunca se recompôs. O tempo passou-se com mais mágoas que instantes. Morreu o velho Castro, Andaré azulesceu nos olhos. Quando Marcelino morreu na prisão, Dona Graça se afundou como barco sem fundo. E sucedeu o estranho: a viúva desapareceu. Entranhou-se nos matos e extinguiu-se em definitivo. Procurou-se pelos lugares e para além deles, revolveu-se o campo e a selva. Nada, Graça deixara este mundo do modo mais obsceno: sem nunca ter chegado a morrer.

23 de Abril

«Deus fez a árvore para que o Homem não sentisse medo do tempo»

Dito do cego Andaré

Margarida foi à varanda e sentiu o cheiro de África, como se fosse de um corpo de macho transpirado. A terra estalava na insistência do sol bem cheio. Mas o rio teimava em segurar o verde na paisagem. Longe, o Índico marmurava.

A portuguesa esfregou os olhos para afastar a sua fragilidade ante a imensa paisagem. Apoiou-se na maçaniqueira que fronteava a casa. A velha árvore lhe dava consolo de vivente. Suas mãos acariciavam o tronco, a casca se soltava, lasciva, como cabelos entre os seus dedos. Olhou para cima com receio. Na copa se alojava a morcegagem. Um arrepio a percorreu.

Nessa noite, Dona Margarida voltara a ter o mesmo pesadelo: a seca castigara a savana em volta e o verde todo se exilara. A poeira subia como labaredas do chão morto. Na desvastidão, mesmo a areia cheirava, fosse do calor ferver as pedras. Já não havia rio, nem mar, nem chuva. Não havia nem réstia de verde. Mesmo o céu se aterrara, em magras pedras e cinzas. No sonho, a maçaniqueira não era mais que ramos secos, desgrenhados. Os morcegos se soltavam das ramagens e, logo nas primeiras voações, se lançavam uns contra os outros, guinchando, dentando-se. A savana estava tão morta que há muito não dispensava alimento, nem sombra de sobra. O chão se desplantara, os insectos se exilaram, em fugitivas nuvens. Ficaram apenas os morcegos, enchendo os ares de seus guinchos. Sem mais alimento, os bichos voadores passaram a comer-se uns aos outros. Se devoravam em pleno ar, consumidos mesmo antes de tombarem. Quando chegavam ao chão eram só ossos mastigados, farelo de esqueleto.

Mas o mau sonho não terminava. Pois, dos capins, aparecia um cão. Mas era um bicho com aparências de gente. Cruzes e credo: semelhava, tal igual a cabeça de Diamantino, o adjunto da PIDE. Tombava-lhe do pescoço uma trela. Segurando a trela havia uma mão rasgada, avulsa do restante braço, carnes dependuradas, sangue ainda pingando. O cão espreitava os gritos velozes, a baba escorrendo na antevisão de uma refeição carnenta. Depois partia, cheirando o chão quente, roendo sobras de ossos, cuspindo pêlos. Até que a desirmanada mão o puxava, encaminhando-o para a vila.

No meio daquela desolação, se notava uma pomba. Estava caída, desprovida de voo. No sonho, Margarida se via a si mesma descer a varanda para salvar a pomba da voragem. Trazia-a entre as mãos até à sombra de casa. A carícia era dupla e recíproca: a ela confortava-a o doce tacto das plumas. De repente, porém, a ave emitia estridências, desordenados guinchos. E as penas se convertiam em pelagem escura. O bico amolecia e, ante o olhar estupefacto da mulher, se convertia em aguçados dentes. A pomba, antes de um fechar de olhos, virava morcego.

Um grito, como um cortinado brusco, a despertou bruscamente. Sentou-se na cama, farejou o escuro. Ela mesma gritava? Não, era a voz de Lourenço. A mulher acorreu, atabalhoadamente, consoante a angústia dos berros de seu filho. Nem se lembra de ter aberto a porta. Era como se a visão tivesse vindo chocar com seu espanto: Lourenço sentado no chão, chorando como criança. A seu lado, o cavalinho de madeira jazia, destroçado.

— *Veja o que lhe fizeram, mãe!*

E exibia as pernas quebradas do brinquedo. E ele esfregava os dedos na fralda como se a estivesse limpando.

— *Arrancaram-lhe as pernas. Veja o sangue, mãe. Veja o sangue escorrendo.*

Margarida debruçou-se sobre ele e passou as mãos pela cintura. Queria que ele se levantasse. Mas Lourenço era um peso falecido.

— *Não é sangue, meu filho. Deixe isso, que amanhã se arranja.*

Foi preciso a paciência do tempo. O pide lá aceitou deitar-se de novo, as mãos enroladas no velho pano. Ficou de olhos boquiabertos, lençol marginando o duplo queixo. Lhe pareceu ouvir, do outro lado da janela, a estridência de um morcego. Depois, sentiu que a mãe se dirigia à casa de banho. Ouviu a torneira do lavatório.

— *Mãe?*

— *O que é, filho?*

— *A mãe abriu a torneira?*

Tolerante, a voz regressou, maternal. Não era nada, ele que dormisse, tranquilo. Não tardaria que amanhecesse.

— *Se não era sangue, então por que é que tenho o pano sujo de vermelho?*

Agora, lembrando o sucedido, ante a brisa da manhã, Margarida ainda pensa que o melhor foi não ter respondido. Não bastasse o mau sonho dos morcegos. Sorriu, murcha. Triste é escolher entre o mau e o pior. Entre a realidade e o sonho, qual deles preferir?

Fosse medo, fosse cansaço acumulado, o certo é que uma força interior nela se repentinou. Armada de sombrinha, a portuguesa meteu pé nos atalhos da savana. Em casa ninguém se apercebeu de que partira. Margarida nunca saía. África começava logo ali, no sopé da varanda. Não se podia facilitar.

Quem visse Dona Margarida trilhando as incognitudes do mato não acreditava. Ali, nas margens das lagoas, pisando os fétidos matopes! Resguardada no guarda-chuva, com ares furtivos, mais discreta que sombra da cobra-mamba. Caminhava nessa hora em que o sol já começa a ter dúvidas. Jessumina se admirou quando a portuguesa se anunciou:

— *Dona Margarida? Que surpresa!*

Sentaram-se ambas no chão que é o lugar de mulher sentar. A portuguesa ensaiou as dúvidas e os métodos de sua descrença. Que aquilo das feitiçarias, Deus lhe perdoasse, era imperdoável pecado.

A portuguesa se desculpava assim: quem podia garantir os poderes da adivinha? A seus ouvidos chegaram as versões que explicavam as faculdades de Jessumina.

Dizia-se que, durante um sonho, ela fora avisada: estava destinada. Em breve, iria receber o espírito do nzuze e desaparecer nas águas do lago Nkuluine. Na semana seguinte, Jessumina entrou na lagoa e sumiu nas suas águas durante sete anos. Nunca mais ninguém soube dela. Lá no fundo do lago, o povo do lago lhe ensinava os segredos de um outro saber.

Ninguém chorou por ela, ninguém mais sequer comentou o assunto.

Nkuluine se apetrechava de rumores. Se dizia que o lago se enchia apenas quando o céu se acendia de faísca. Essa água não provinha das nuvens mas dos relâmpagos. Era água da luz. Quem vivia dentro dessa água ganhava memória de suas outras vidas. Como ela, a adivinha Jessumina, essa que ganhara poderes enquanto peixara na água sagrada.

E se dizia ainda mais. Que no dia em que a aldeia recebeu o recado do seu regresso, os tambores do xigubo soaram a noite inteira. Quando ressurgiu, nada lhe perguntaram. Jessumina era uma nyanga. E tudo estava dito, completo e sem retorno.

— *Lá onde vivi tudo é rápido, mas sem nunca ter pressa. Tenho saudade do lago.*

No tempo em que estivera submersa, ela via passar os pássaros. E parecia não eram aves mas peixes navegando em alto silêncio. Lá em cima deveria haver um rio e as nuvens eram a espuma de sua ondeação.

Tudo isso se dizia da feiticeira. Margarida sabia dessas explicações. Mas, naquele momento, esses rumores não passavam de extravagâncias. Prática e ciente do valor do tempo, a portuguesa deitou o seu assunto:

— *Quero saber o que se passa em minha casa. Tenho medo.*

— *Em você, minha senhora, não sei se sou capaz. Estou ficando cega da boca... Você me está entender?*

— *Não.*

— *Óptimo. Só quando não me entendem é que eu falo coisa acertada.*

— *Já eu aviso a senhora* — prosseguiu —, *posso-lhe enganar, torcer as vidas e as vindas. Eu sonho que o mundo precisa de mim, sempre sonhei isso. E agora é coisa boa ver a senhora chegar, me precisando. Uma branca de Portugal!*

— *Lhe peço, Jessumina: esta é uma visita muito privada.*

— *Aqui já vieram uns brancos, sim, mas desses brancos das pedras, naturais. Sua irmã, Irene, me visita, mas ela é diferente. Agora a senhora, uma autêntica, de origem. Até que enfins me sinto um alguém.*

— *Não tenho tempo, Jessumina. Eu só quero paz para o meu lar. Não aguento mais...*

Jessumina retomou a fala, riscando de leve a areia enquanto se explicava. Sem palavra, dava o entendimento que ali o tempo era governado por suas paciências. E dá azar avançar directo num assunto. O besouro, antes de entrar, dá duas voltas à toca.

— *Veja a minha casa, o tudo em volta. Vê filhos, netos, riquezas?*

Era isso que ela pretendia: não deixar nenhuma obra. Aprendera assim. Onde estudara primeiro? Na missão, com as freiras. Onde aprendera de verdade? Foi na lagoa, na sua ausência deste mundo. Só se aprende nesse desmaio, a súbita perda do sentido. Sua obra era um nada, um desaparecimento. Para não aborrecer os deuses, se mantinha assim: um desdenho, um ninho de ninharias.

— *A senhora sofre por causa desse filho. Mas Lourenço foi seu filho. Já não é.*

Jessumina reforçava: Lourenço fora possuído pela sua própria vida. Sem nunca chegar a ser ele próprio. Causa de tudo: o pai. Era preciso despedirem-se do velho Castro. Urgia trancar aquela ausência. Enquanto isso não fosse feito, a família não teria descanso. Sobretudo Lourenço. Aquele pano que ele usava para adormecer: aquilo só servia o corpo. A sua alma não tinha almofada onde encostar.

— *Às vezes me apetece morrer!*

— *Não diga isso, Dona Margarida. Que as palavras chamam as sucedências.*

A portuguesa rectificou. Morrer, não. Ela queria era ir embora. Mas já não lhe basta ir embora de um lugar. Ela queria ir embora da vida. E voltar depois, quando já não houvesse réstia daquele tempo.

— *O que a senhora tem não é saudade: é medo do futuro.*

— *Tenho medo de tudo. Até de si eu tenho medo.*

— *A senhora devia era sair, viajar para a sua terra.*

— *Eu nunca tive viagem. Agora, já não consigo sair.*

— *Cuidado, Dona Margarida. Quem não tem viagem é escolhido pela loucura. Veja o que sucedeu com sua irmã.*

— *Às vezes até desejo que me suceda o mesmo, Deus me perdoe.*

— *Deus não a está escutar, Dona Margarida. Aqui não chega o ouvido de Deus.*

— *Bom, o tempo está a passar, eu devo ir. Ah, antes que me esqueça: ninguém pode saber que estive aqui!*

A portuguesa a si mesma se enxerga: sentada à moda das pretas, pernas dobradas sobre a esteira. Depois, ela se levanta, rectifica a saia, sacode umas poeiras. Roda, lenta, sobre o pátio como se a si mesma se faltasse. Porque ela realiza ter sido a primeira vez que falara com uma mulher de outra raça. Vinte minho = home, snug, nest

anos de África e nunca trocara confidências com uma negra. Jessumina permanece sentada, seguindo-a com os olhos.

— *Antes de ir, Dona Margarida, me diga uma coisa: veio por causa de seu filho Lourenço?*

— *Sim, ele está doente.*

— *Para nós, não é doença. É perda de poderes.*

— *Ele diz que lhe aparece o pai. Diz que o meu marido ainda não tombou do céu, anda por aí pairando.*

— *E a senhora nunca vê o seu falecido marido?*

— *Bom, isso não vem ao caso.*

— *Então porquê até hoje perfuma o lado da cama dele?*

— *Foi Irene que lhe disse?*

— *Tenho minha maneira de saber. Eu lavo os olhos na mesma água onde o gato se banha. Assim, vejo de noite.*

— *O que me preocupa são as visões de Lourenço. Por exemplo, aquela coisa do umbigo a crescer. Que aflição!*

— *Dona Margarida, eu pergunto: esses panos com que ele dorme não será que estão a desaparecer?*

— *Sim, é verdade.*

— *Nunca mais os ponha a secar no jardim. Alguém está a usar aquilo contra seu filho. São os métodos da nossa gente.*

— *Bom, devo ir, Dona Jessumina.*

Se admirou: chamara a outra de «dona»? Que diria Lourenço? Ou pior: como reagiria seu falecido marido? Foi então que Jessumina lhe endereçou o estranhíssimo pedido:

— *Dona Margarida, eu tinha uma grande vontade...*

— *Quer dinheiro? Só lhe posso mandar amanhã...*

— *Eu não quero dinheiro. Só queria que a senhora me contasse como é a sua terra.*

A branca pareceu atingida por fulminância. Falar da sua terra? E por qual motivo? O assunto era de melindre. Pois, a branca senhora há meses que não conseguia sonhar com sua aldeia em Portugal. Ela bem chamava a lembrança para aconchegar seu sono. Mas as imagens se deslavavam e as formas fugiam como uma tela lançada em fogo.

Dona Margarida voltou a sentar-se, sobrancelha enrugada. Mas a adivinha exibia a mais genuína e convincente inocência. E a portuguesa, hesitante, traçou os primeiros rabiscos do retrato da sua terra natal. Aos poucos, ela ganhou mais peito e as suas palavras retocavam o quadro com ternura de pintor. E falou, falou, falou. Nem ela sabe quanto tempo se demorou naquela evocação de sua aldeia.

Quando terminou já era noite. E viu-se como em filme, agradecendo num beijo. Esquivo e breve. Mas um beijo. Depois, espreitou os cantos da escuridão e se esgueirou entre sombras e escuros, de regresso ao lar. Atravessou os atalhos com a leveza de um novo conforto. Teria sido o simples falar com alguém? Um ser de além-mundo, como Jessumina, pode fazer suportar melhor este nosso mundo?

Ao subir os degraus da varanda, assim esquiva e desobediente, lhe veio a lembrança de uma felicidade adolescente. Se ergueu na ponta dos pés e encostou as palmas das mãos no tronco da maçaniqueira. A árvore a acariciava? A branca fechou as pálpebras como se nela se acendesse, viva, a vida. Ficou assim de olhos fechados, adiando o mais possível a entrada em casa.

24 de Abril

«Já não carecemos de igreja: o mundo inteiro se converteu numa imensa igreja. De joelhos, arrebanhados até ao sonho, aceitamos a qualquer preço isso a que chamam de redenção»

Dos cadernos de Irene

Margarida arruma o quarto da irmã. Aquele é o seu único serviço nas lides da casa. A portuguesa não aceita que nenhum dos tantos empregados execute aquele trabalho. Quer guardar aquela incumbência para si mesma: tratar do lugar de Irene, como se entendesse rectificar a infância dela. Naquele dia, fazia anos sobre a morte de Marcelino. O quarto parece tristonho. Margarida encontra um caderno no chão. Está aberto na página mal rabiscada. É um poema. Margarida lê, em cada letra uma água se represa em seus olhos. Está escrito:

Que a bala do corpo se retire
num disparo ao avesso se desvire
e o sangue aberto se arrependa
e retorne ao leito de onde escorreu
Que, enfim, a espingarda seja morta
e se escreva na campa deste tempo:
— Aqui jaz a bala
sentenciada por mandato
da vida contra o Homem.

Margarida se senta na borda da cama, caderno abandonado sobre o colo. Lembra esse Marcelino, como pôde a irmã se apaixonar por um quase-preto? Tudo nele estava errado: a raça, a condição, a política. Ainda por cima um injusticeiro, autêntico junta-brasas. O homem tinha ingressado nas tropas coloniais — em vez de cumprir fidelidades à pátria lusitana ele encontrou lá uma outra pátria: Moçambique. Veio contaminado por essa doença — sonhar com futuros e liberdades. Parecia que ele tivesse presenciado horrores e massacres lá nas frentes de batalha. Também o doutor Peixoto e o padre Ramos lhe haviam falado de atrocidades. Excessos, protestava seu filho Lourenço, em que guerra não há excessos? O que dá estranheza na guerra é que ela não nos sai da memória, de tal modo que dela não recordamos exactamente nada. É como se a memória fosse, faz conta, um mapa dos sítios que não há.

Irene, nesse momento, entra no quarto. Parece flutuar, seus olhos andorinham por nuvens terrenas. E antes que a outra a surpreendesse em falta, Margarida estende o caderno:

— *Estive a ler isto. É bonito, mas porquê tanta raiva, tanta tristeza?*

— *Esqueces que há gente morrendo aqui mesmo, ao lado?*

— *Eu tenho que esquecer isso, mana. Por isso vou à igreja. Não queres vir comigo? Distrais-te.*

Esperava, quem sabe, um rebate de inconsciência. Mas a irmã tinha um coração muito permanente. Como se a vida só lhe fosse suportável se ela se desocupasse do pensamento. E assim, como ela mesma dizia, amava só as impossíveis coisas: dedo de cobra, asa de cágado, bico de crocodilo.

— *Eu quero esquecer Marcelino, mas não consi-*

go. É como se desejasse rezar mas, no instante, me faltasse a oração. Ou como se tivesse oração e me faltasse Deus...

— Vem, vamos rezar. Juro-te que, desta vez, até rezo por esse...

— Que esse?

— Por esse Marcelino. Vem comigo à missa.

— Não entro naquela igreja enquanto estiver lá o canhão. Aquilo é quartel ou casa de Deus?

— Deixa-te disso, mana.

— Tenho outras coisas para fazer. Coisas bem mais importantes.

— Outras coisas, bem sei. Como é que te atreves a andar por aí nessas reuniões?

— O que queres, mana? Eu sou uma canhota que só faz coisas bonitas com a mão direita.

Irene sai. A irmã não sabe mas Irene vai cumprir o ritual dos falecidos. Dirige-se à grande maçaniqueira onde estão as campas de Marcelino e Custódio. Irene visita-as à maneira das crenças indígenas. Leva-lhes farinha, panos, bebidas. Senta-se junto à tumba e conversa com os mortos. Resta-lhe o conforto daqueles falecidos terem encontrado residência e não desvairarem sem pouso como esse seu malfadado cunhado, Joaquim de Castro. Quem não tem parentesco com a vida não chega nunca a morrer devidamente.

Em casa, Margarida fica lendo o caderno de sua irmã. Há cartas, muitas cartas sempre por terminar. Nesses textos, Irene explica seus sentimentos. Enquanto amava ela se enriquecia de outras vidas. Seus olhos ficavam de muitos quilates. Margarida lê de trás para a frente, sentindo o dente da inveja lhe roendo a alma. Se abate em tristeza de não ter entendido todo aquele tanto tempo. Por exemplo, não ter compreendido o gosto de Irene em andar suja, manchada de óleos e matopes. Mas o caderno explicava. Aquelas sujidadezinhas lhe faziam lembrar o seu corpo quando ela regressava das clandestinas visitas a casa do mecânico Marcelino. Ou como ela chamava, de invenção dela: Marcelindo. Nesses encontros na oficina, nem havia tempo. Ela regressava com nódoas de óleos, impressões das carícias do mulato. Depois da morte de Marcelino, certas vezes, a irmã passava pela oficina e recolhia sujidades entre os dedos. Depois, se manchava de óleos para fazer de conta que o outro ainda constava entre viventes.

Margarida fecha o caderno, fecha o quarto, fecha a casa. Dirige-se à igreja. Vai pedir por sua família. Irene, primeiro. Depois, seu filho Lourenço. E, desta vez, vai mesmo pedir pelo falecido mecânico. Talvez pedisse por Joaquim, o malogrado marido. Talvez.

Absorta, Margarida quase choca com o canhão à entrada da igreja. Puseram-no ali, desde que houve rumores de que a vila seria invadida pelos guerrilheiros. Nunca mais o tiraram. A guerra é vaidosa: se ostenta mesmo nos lugares onde se diz ser a exclusiva moradia da paz.

Os olhos da portuguesa se habituam à penumbra. Naquele lusco-fusco lhe chega a visão: no altar, de costas, um homem reza missa. É um negro, todo nu. Ela fica parada, espantada. O improvisado sacerdote cumpre com zelo os não prescritos latins. As costas do homem luzem ao escoar de uma pequena luz vinda do tecto. Parece o sol se poenta em seu dorso.

A primeira tentação da portuguesa é sair, desviar-se da vista daquele homem. Mas o momento lhe surge sagrado e ela se ajoelha no banco e se prostra em reza. O preto fala alto e audível. Se o corpo dele é sem traje, sua fala é só ultraje:

— *Senhor Deus, eu venho aqui me desbaptizar. Causa o seguinte: minha crença não é de gente humana. Eu tenho religião dos bichos. Quero ficar interdito de entrar em igreja. Nem na vossa, nem em nenhuma outra. Quero transitar-me para bicheza. Perder alma, perder mesmo a lembrança de, um dia, ter sido pessoa. Porque ser animal só me dá vantagem: eu poderei ver o invisível, os demónios que nos visitam. Como esses cães que uivam toda a noite sem sabermos a razão. Eles estão conversando com os demónios. Em diante, quero só conversa com o diabo. Quero tudo isso enquanto durar esse inferno que aqui vivemos.*

Margarida escuta, com mais gelo que sangue em suas veias. Até que uma mão lhe toca o ombro e alguém sussurra:

— *Venha, minha irmã, esse homem é louco.*

O padre Ramos se desculpa, enquanto conduz Margarida até à sacristia. Suave, ele fecha explicação:

— *É um que perdeu a razão. Ficou assim na tropa.*

A história do homem se resumia para meio entendedor. Seu pai tinha sido sacristão naquela igreja, um homem tão bom que nem convinha existir. Ele adorava o filho. Todas as noites se deitavam juntos, pai e filho, a contemplar o céu. O pai contava as estrelas, confirmava suas quantidades, mais suas posições. Dizia ser guardião dos astros, com elevadas responsabilidades: conferir estrela por estrela o estado do firmamento. Só depois ele declarava solenemente aberta a meia-noite. Que ele, mais tarde, descontasse no céu a saudade de ser menino.

O pai faleceu, o moço ingressou na tropa colonial. Dizem que desde que chegou lá, ao quartel de Nangade, nunca mais adormeceu. Abria os olhos espantados ante as infinitas estrelas. Parecia disputar residência daquelas luzes.

Certa noite, bombardearam o quartel. As explosões estilhaçavam luzes e enchiam a noite de ruidosos pirilampos. As ordens de retirada ecoaram. O tropel dos fugitivos se atabalhoou. Mas o soldado negro ficou, especado, a contemplar esse espectáculo do fogo. E entre as rebentações, ele via seu pai semeando estrelas, fabricando ensurdecedoras luzes. Foi retirado, ferido no corpo e, diz-se, ainda mais na alma.

— *Que podemos fazer, Dona Margarida? Vivemos um tempo de oito e oitenta.*

Nesta terra, diz o padre, os extremos não se tocam. Quem se toca são os meios-termos, águas-moles, panos mornos. E, com um riso triste, ele se releva:

— *Eu também sempre tropeço naquele canhão, à entrada da igreja.*

E se despede, regressando à penumbra da capela. Aos poucos a sua figura é engolida pelo escuro. Como se a força da sua missão soçobrasse perante tanto mundo.

Margarida inicia o seu regresso a casa. No meio da praça, porém, uma multidão a surpreende. Com receio, a branca espreita entre os negros. No centro da praça está o cego Andaré Tchuvisco, gesticuloso e barulhador. Grita, convocando Moisés e a montanha. Anuncia suas terríveis visões: que o rio está para se desprender do leito, cansado da margem, lá onde ela é pedra amontanhada. Berra com tantas almas que o povo acode, aflito. Apenas uns ousam rir. Só Irene se aproxima, materna.

— *Que você está ver, Tchuvisco?*

— *Não sei. É o rio. Ou, talvez, é o tempo.*

— *Onde está sua bengalinha?*

— *Que interessa a bengala, Dona Irene? Vou precisar é de uma ávore toda inteira.*

— *Sente, meu filho. Sossegue. Feche as pálpebras.*

Andaré reage com violências que nunca lhe foram vistas. Não lhe tocassem nos olhos, ninguém lhe cortinasse as pálpebras. E grita:

— *Fechar as pálpebras, isso se faz é aos mortos. A mim nenhum branco me vai tocar mais, nem para bater nem para beijar.*

Irene se mantém doce, com paciência que lhe vem de seu outro mundo. Mas eis que, nesse instante, dá aparição a nyanga Jessumina. Vem de panos e pulseiras. Se ajoelha junto ao cego e lhe diz:

— *Já cheguei, meu filho.*

Andaré se recosta na rechonchura do colo de Jessumina e ele todo se abranda. A feiticeira pede ao cego que passe a mão pelo pescoço dela. O homem que sentisse a sua pele. O cego roçou os nós dos dedos pelo corpo da adivinha. O moço vai decifrando que letras naquela página, poro a poro. De repente, um tremor lhe suspende o gesto:

— *Mas... a senhora?*

Os dedos voltam a tactear a pele, redesenhando as tatuagens no pescoço da feiticeira. Andaré sorri, fechado em mistério. Lhe regressa, intacto, o cheiro antigo da oficina, as longas tardes da infância em que o tempo se espreguiçava pelas varandas.

— *Já descobriu quem eu sou. Agora me diga, Andaré: você vê o quê?*

— *Eu vejo o rio, todo abarrotado de águas, a afundar tudo isto.*

— *A afundar o quê?*

— *Tudo isto....*

— *E isso é mau para nós, os outros?*

Não se escuta a resposta de Andaré. Pois as vozes em redor retomam a balburdiação:

— *Está maluco, o cego!*

Loucura, somada à cegueira: não podia ser outra coisa. Seria punição por terem apagado os desenhos dele, debaixo da maçaniqueira? Ou seria por ousarem duvidar de sua autêntica cegueira? Castigo, aquilo semelhava um castigo dos antepassados. Melhor prudência é a ausência. E, assim, uns se afastam, com tanto zelo que parece nem se retirarem. A adivinha prossegue, maternosa:

— *E mais que vê, me diga?*

— *Vejo os campos serem arrastados. E vejo as águas, escuras, lamaçosas. As águas têm agora mais terra que a estrada.*

E o cego começa a chorar. Mas era desses prantos que não revelam tristeza nem contentação. Em sua face, se sucedem indecifráveis caretas. Nunca ele tinha exibido um tal estado tão entrejeitado. Seus olhos sempre desempregados pareciam agora encontrar vocação. Que pensamento passeava pelo toupeirador do Andaré? Quem podia saber da sua noção? Os brancos falam na ideia como coisa solar que ilumina as mentes. Mas a ideia, todos sabemos, pertence ao mundo do escuro, dessas profundezas de onde nossas vísceras nos conduzem.

Fosse ou não, deveria era haver paciência, dar tento ao tempo. Jessumina se debruça sobre Tchuvisco. O cego rejeita, brusco, a mão dela.

— *Não me toque os olhos!*

— *Eu só estou a recolher uma lágrima. Me deixa?*

Jessumina colhe uma gota sobre o dedo e espreita-a à luz. E estremece da visão que lhe chega. Dedo em riste, lágrima tremeluzindo, vai passando pela multidão, mostrando a gota. Exibe a lágrima dançando no topo do dedo.

Um a um, os aldeões se fecham no redondo de um «oh». É que a lágrima está carregada de terra, é uma água escura que lhe brota dos olhos. Igual à do rio que ele, em delírio, via estrondear sobre as quietas margens, a inundação engolindo o universal mundo.

E o céu, também em suas visões, se apocalipsa. Como se de uma imensa almofada irrompesse um infinito algodão, capaz de encher os horizontes. E essa branquidão, em propulsações, se espalha, afogando o azul-celeste. Começa a trovejar. As gentes, encolhidas, já misturam choros e preces. Trovejar assim em Abril? Os poderes dos deuses falavam pelos desnorteados olhos de Tchuvisco?

O inspector Lourenço chega ao lugar, acompanhado de seus ajudantes. Se achegam Diamantino, o branco, e Chico Soco-Soco, o preto. Lourenço de Castro se decide intervir, repondo as ordens e os poderes. Que voltassem todos para casa, esquecedores do que ali se tinha passado.

— *O que é isto? Voltámos ao passado, analfabestas?*

E com a autoridade que se impõe vira-se para o cego e sentencia:

— *Vá, pegue na sua bengala!*

O invisual nem mexe. O pide segura o braço de Tchuvisco com força, torce-lhe o cotovelo como uma desdobradiça.

— *Já mandei: pega lá a porcaria da bengala!*

Contrafeito, o cego toma o bastão vermelho e branco e, de repente, sem que ninguém presumisse, lança-o sobre os ares. A bengala vai subindo, volteando-se pelo espaço. De súbito, ante a geral espantação, a bengala se converte em ave. Uma dessas criaturas, alvirubra, que anuncia as tempestades. A inesperável ave bate asas, rodamoinhando como um furacão sobre a praça. Súbito, o pássaro se adelgaçou, convertido numa fita brilhosa que serpenteia pelos ares. Alguém grita:

— *Vejam! É o napolo!*

E foram passos para trás e terrores rasteirando a retirada. Ninguém se podia crer: o monstro Napolo, a cobra voadora, trazedora de tempestades e relâmpagos! Tudo a cobra voadora arrasta no seu percurso. É assim que nasce o tempo, réstia do mundo devorado. O bicho se fantasia aos olhos da multidão. A bengala se irrealiza em presságio, assunto de sobrenaturezas. Se o napolo visitava aqueles céus era sinal de que o monstro decidira reabrir seus caminhos entre a montanha e o mar. Mas o napolo se transmuta aos olhos da multidão. Se assume agora mais como um pássaro, asas descapotáveis, cauda toda emplumada.

O pide Diamantino decide dar ponto naquilo e saca do revólver para espalhar os devidos terrores. Mas o inspector o manda parar:

— *Fique quieto, Diamantino!*

É um grito desmesurado, vindo de além-garganta. Os polícias olham, admirados, para o seu chefe. Parece que ele não está bem, desarrumado de alma, enfraquecido de corpo. E é. Lourenço descobrira os seus fantasmas naquele instantâneo céu. Aquela era a ave que, anos antes, ele vira emergir do helicóptero e se desfazer, depois, em penas e penugens.

O português enche os olhos daquele céu tão aéreo. E o napolo se vai confirmando como uma ave voadeira, pássaro em toda sua extensão. Seu formato é o de um ramo magrito, espeto de árvore, lápis rosa desenhando o que falta no céu. E, surpresa maior: enquanto voga pelo ar, o pássaro vai desenhando os mesmos desenhos que se tinha visto no chão da maçaniqueira. Para Lourenço de Castro, é a figura de Irene que se rabisca em tela azul.

Repente, deflagra-se um disparo. O adjunto do inspector dispara, certeiro, sobre isso que seria cobra-voadeira, pássaro, bengala. A coisa se desfaz no ar, em poeira e cinza. Segundo disparo se escuta, Lourenço se alarma. Os turras tinham chegado? Mas não. É trovoada, grossa e cheia. Parece, em volta, as nuvens e entrenuvens se roseiam. No meio de tais figurações, Lourenço dá por si gritando:

— *Chamem o padre Ramos!*

Mas é tarde. Num instante, o céu se inviabiliza para pássaros, a terra se fecha para encantações. Chove em toda a vastidão do mundo. Menos sobre a maçaniqueira, ali onde Custódio Juma e o mulato Marcelino descansam suas eternidades.

25 de Abril

«Toda a terra ficará branca com a luz das estrelas e o céu será engolido pelas andorinhas»

Shaka Zulu a Dingane, seu assassino

O pide estranhou quando lhe pareceu escutar a voz do doutor Peixoto. O médico da família em casa? A mãe o chamara? Parecia impossível, ela ter insistido naquela vontade. Desta feita, a maçaneta da porta não rodou com educação. O pide entrou brusco e desmaneirado. Nem cumprimentou ninguém.

O médico e a mãe permaneceram de pé, trocando silêncios. Lourenço voltou atrás, sem modos, e puxou a mãe por um braço. Conduziu-a para a sala contígua.

— *Como teve a ousadia de chamar o médico?*

— *Não é isso, filho.*

— *Eu não lhe disse que não queria ser seguido? Não estou doente, mãe!*

— *Eu sei. Fale baixo, o doutor está a ouvir.*

— *Então, mande-o embora! Vá! Mande-o ou mando eu, à minha maneira!*

— *É a tia Irene!*

— *A Irene o quê?*

— *Está grávida.*

Lourenço não foi capaz de mais que um riso aparvalhado. A tia grávida? E engravidara de quem? A cabeça recolheu-se entre os braços. Ficou, assim, irreactivo, durante um tempo. De súbito, seu corpo foi atravessado por uma decisão. Levantou-se e apressou-se pelo corredor. A mãe ainda o tentou parar:

— *Não vá ao quarto. Ela está a dormir.*

— *Deixe-me, quero falar com ela.*

Lourenço evitou a mãe e entrou nos aposentos de Irene. O médico e Margarida ficaram na sala.

O quarto de Irene permanecia iluminado apenas pelo silêncio. Uma magra fatia de luz escoava por entre os cortinados. No leito, a tia dormia semidespida. Lourenço respira a custos. Custava a crer que aquele corpo tenha sido tocado. E por quem? Certamente, um preto. Um cabrão, desses escarumbas.

Sentado na berma do leito, o pide foi soerguendo a combinação da tia. Seus dedos estremeceram, transgressores. Só então ele reparou nas tatuagens no ventre dela. Se espantou: ela se marcou como fazem as pretas?

A reprovação lhe fez crispar os dedos no lençol. Onde será que ela tinha mais tatuagens? Suavemente, ele foi deixando a descoberto o colo, depois os seios. Seus dedos, quase sem respiração, roçaram os mamilos de Irene. O peito de Lourenço estava mais revolto que o mar em tempestade. A mão se apressava para lugares mais intímos, descia por dentro das roupas de Irene, penetrava os mais fundos recantos. De repente, ele sentiu um líquido escorrendo entre os dedos. Não era o molhado do corpo dela, era um líquido mais espesso, preguiçoso. Se ergueu de um salto. Contemplou, enojado, a própria mão. Sangue?

Nesse momento, o médico Peixoto entrou de rompante pelo quarto. Flagranteado, o pide escondeu as mãos por trás das costas. Se alterou, voz escaniçada:

— *Não disse para me deixar sozinho?*

— *É por causa da notícia...*

— *Que notícia?*

— *Na rádio, dizem que houve um golpe de Estado, caiu o regime.*

Regime? Qual regime? Para ele não havia um regime. Havia Portugal. A pátria eterna e imutável. Portugal uno e indivisível. O visitante repetiu, como se duvidasse que o outro o tivesse entendido:

— *Foi um golpe, houve um golpe em Lisboa!*

O médico soletrou as palavras, em extremosos cuidados de dicção. Depois, retirou-se, andando de costas e em bicos de pés. Como se acabasse de anunciar um falecimento. O pide estava derrubado, vertido dentro de si mesmo. Seus olhos estavam parados, o olhar ausentado deles. Reviu sua vida, num ápice: os gritos da cadeia todos se acumularam, como se as celas se fechassem de um só golpe em sua cabeça. De repente, um baque: é o corpo de seu pai caindo nas águas. De chofre, se levantam espumas, mas não são brancas. Antes, são vermelhas.

O pide não tinha alma para tanto. Levantou-se para enfrentar a visão. Durante os tantos anos, seu pai disputou as nuvens como um pássaro. Agora ele tombava, fulminado por nada a não ser o não haver céu. De um momento para outro, o corpo do pai boiava sobre o oceano e era como uma sombra branca imensa, um lenço recobrindo todo o Índico. E tudo se calava, em sossego de milénios. Finalmente, seu pai sofria sua última morte.

Voltou a enfrentar Irene que permanecia adormecida. Fechou a porta com cuidado e atravessou a sala com porte solene. Num canto, a mãe se tinha ajoelhado. Lourenço se aproximou dela para a consolar. Mas foi sacudido pelas palavras dela:

— *Até que enfim, aconteceu! Deus seja louvado.*

A mãe agradecia a Deus aquela tamanha desgraça? O juízo da senhora teria sofrido um idêntico golpe de Estado?

— *Mãe, como pode dizer uma coisa dessas?*

— *Estou contente, sim. Nem pode imaginar como estou feliz!*

O pide sentou-se, combalido. Fosse melhor receber a notícia de sua total orfandade? Lhe cabia suportar sozinho todo o peso daquele infortúnio? A mãe parecia transfigurada. Desolhuda, lhe segurou pelas mangas do casaco e puxou-o como se receasse que ele não a escutasse bem:

— *A única coisa que eu quero é ir embora. Todos esses anos, esse foi o meu sonho. E agora, Lourenço de Castro, só nos resta mesmo é ir embora.*

O filho não reconhecia a progenitora. Ela crescera para um outro personagem, uma outra mulher nascera dentro do seu frágil corpo.

— *Quando o teu pai morreu eu pensei que tudo tinha acabado. E que voltávamos para a nossa aldeia, de onde nunca devíamos ter saído. Mas depois tu quiseste-o vingar, seguiste-lhe as pisadas, essa merda da política.*

— *Não acredito que esteja a usar essa linguagem, mãe.*

— *Merda é pouco, filho. Merda é pouco. É por isso que, por mais que nos lavemos, não há água que chegue para nos limparmos do passado.*

Margarida se levantou. O filho parecia nem a reconhecer, os passos de sua mãe ensaiando uma nova dignidade. Sem sequer lhe dirigir o olhar, ela ainda ordenou:

— *E vá lavar a mão, Lourenço. Desta vez é sangue, mesmo.*

O português se apressa para o lavatório. O sangue, essa doença que o persegue, tinge agora as suas mãos. E mais que as mãos, se ruboriza do pecaminoso gesto.

— *Mãe, a tia vai perder o bebé?*

Pela primeira vez, Dona Margarida passa pelo corredor sem dar atenção ao filho. Lourenço repete a pergunta. Displicente, a portuguesa responde:

— *Esse é um assunto de mulheres.*

26 de Abril

«Até que o leão aprenda a escrever,
o caçador será o único herói»

Nozipo Maraire, em *Carta a Minha Filha*

Um rádio transmite noticiário de Portugal. O locutor fala da Revolução dos Cravos, manifestações de rua em Lisboa. A casa colonial parece desatenta à efervescência que está ocorrendo a milhares de quilómetros de distância. O corredor está morto, os cortinados corridos. Lá fora se apura a intensa luz. Mas as cortinas impedem que o dia invada a casa. Aquela luminosidade, como pele de África, está impedida de atravessar o cinzento mundo dos Castros. As cortinas cumprem sua missão vital: fronteira entre o fora e o dentro.

Desabrida, a mão de Lourenço desliga o rádio. Como um rasgão, dilacerando um cenário, o silêncio se restabelece. O inspector se enrola no roupão. Margarida o reconforta com furtiva carícia. O filho esquiva-se e pergunta:

— *O médico não vem?*

— *Não, filho.*

A mesa está decorada com papéis coloridos, uns balões tristonhos teimam em incomodar o cordel que os prende às cadeiras. Um bolo de aniversário.

No creme da cobertura está escrito «Ao menino Lourenço». E as velas, alinhadas como soldados à espera da sentença. Quarenta e duas.

— *E o padre?*

— *Não encontrei.*

A mãe parece adivinhar a próxima pergunta. E se adianta:

— *Tia Irene saiu logo de manhã. Deve estar a chegar.*

— *E os empregados? Chame-os, queria que eles viessem à sala.*

— *Eu não lhe disse? Saíram de casa, já não trabalham para nós...*

— *Nenhum?*

— *Foram todos, filho. Antes assim* — sorri Dona Margarida, rodando pela mesa.

Porque ela mesma preparara tudo sozinha. Tudo aquilo saíra de suas mãos. Só os balões lhe custara soprá-los. E ri-se:

— *Já não tenho fôlego.*

— *E agente Diamantino?*

— *Ninguém sabe dele. Parece que foi de madrugada para a cidade.*

Uma sombra no rosto de Margarida. Ajoelha-se no chão, mãos no colo do filho.

— *E não era o que nós devíamos fazer, Lourenço? Aqui sozinhos, no meio desta gente tão vingativa...*

O pide não responde. Fica ausente, sem tino. Pensa em quê? Pensa em nada. Ele quer segurar ideia mas o pensamento lhe é invisível. Levanta-se, retira um isqueiro do bolso e prepara-se para acender a vela. A chama não ateia logo o pavio. E ele desiste, reprovado e murcho. A mãe se aproxima e abraça-o.

withered, faded, dry, shrivelled

— *Também não temos ninguém para cantar...*

Só então ele repara: o lugar cativo do pai não figura na mesa. O cadeirão está arrumado num canto. Sobre a mesa já não constam nem o prato, nem o copo, nem o guardanapo. Nada. Só o tampo vazio, imensamente vazio. O olhar do inspector interroga o rosto da mãe. Ela não baixa os olhos, como é costume. E pergunta:

— *Você não quer mandar alguém soltá-los?*

— *Soltá-los?!!*

— *Sim, filho. Soltar os presos...*

— *Sem receber ordens superiores?*

— *Mas ordens de quem? A PIDE, lá no continente, já acabou.*

— *Não se chama PIDE. É DGS.*

— *Já acabou tudo, filho. Não entende?*

— *Não acabou aqui, mãe.*

Silêncio. O pide, nervoso, passeia-se para lá e para cá. Avança e retrocede como se hesitasse em desaparecer aqui e reaparecer acolá. De cada vez, a sua mão desarruma um pedaço da mesa, belisca o bolo, deixa tombar uns rebuçados.

— *Diga-me só uma coisa... Faz algum sentido manter, agora, essa gente presa?*

— *A mãe não sabe o que está dizer!*

O filho reage com fúria. Contida, mas grave. Vai ao canto da sala e puxa o cadeirão, arrastando-o com estrondo para a sua antiga posição, à cabeceira da mesa. Dirige-se ao armário e retira prato e talheres. Ajeita-os, de improviso, gestos aparatosos.

— *E não volte a tirar o lugar de meu pai.*

O filho vai para o quarto e se senta no chão, junto ao despernado cavalo de pau. O tamanho de seu respirar enche o espaço. A mãe senta-se por perto, mas nem lhe toca nem fala. O filho é que se decide:

— *A mãe não pensa? Já viu o que era essa malta toda por aí à solta? Já avaliou bem?*

— *Se fosse você a soltá-los quem sabe eles esquecessem e até lhe agradecessem.*

— *Essa gente nunca vai esquecer. Nunca.*

Margarida se aproxima, ocupa a cadeira ao lado do filho e lhe fala mais doce:

— *Alguma vez matou algum?*

— *Nunca.*

Mandou matar, explica. Mas matar nunca. Ao contrário do pai, que não encomendava serviço de morte. Ele mesmo se encarregava. Ele, Lourenço, o mais que fez foi bater. A palmatória, seu único instrumento. O resto, mandado de sangue e morte, quem executa é Diamantino. Ou o preto Chico Soco-Soco.

— *Certa vez bati quase até matar...*

— *Eu sei, filho, eu sei.*

Ambos sabiam. Tinha acontecido com o namorado de Irene, esse tal de Marcelino. Um mulato espertalhão que Irene desencatara na oficina. Até à data, Irene era acertada como convinha. Frequentava missa e o clube, sempre na reserva de si, calada com seus domésticos pensamentos. Margarida a conduzia, braço no braço, com orgulho de mais velha. Em Pebane, onde os brancos mais abundavam, de Irene se tirava proveito — o bom exemplo da moça lusitana.

Certa vez, desapareceram de casa documentos de elevada confidência. O pai Castro distribuiu pancada, despediu empregadagem. Mas a suspeita ficou sem moradia. Joaquim de Castro chamou seu filho e faiscou-lhe a ordem:

— *Você ande de olho nessa sua tia!*

Lourenço quase bateu os tacões, ansioso por

cumprir missão e exibir provas perante o pai. Já ele andava rondando as saídas da tia, por descargo de desconfiança. Irene dava inadmissíveis licenças ao mulato Marcelino. O sobrinho se atiçava de rancores. Certa tarde, ele flagranteou os dois, trocando propaganda subversiva. Era a confirmação: essa Irene passava papeladas de casa para os da Frelimo.

Não foi preciso mais que esse momento: logo o sujeito pardo foi preso e Irene espancada e trancada em casa. Marcelino passou a vítima de eleição. Se pedia de um mulato maiores fidelidades ao regime dos brancos. Lourenço, ele mesmo, se ofereceu para torturar o mecânico.

Bateu, bateu tanto que as mãos do outro se desfizeram, pasta vermelha, fluindo sem contorno. Foi preciso Diamantino separar Lourenço e avisá-lo de que o preso já há muito perdera os sentidos.

No dia seguinte, Marcelino acorda com pancadarias. Batem-lhe na cara, na cabeça, nas costas. Entre zumbidos e apitos, o mulato escuta gritos de mulher. É a voz de Irene. Súbito, o inspector manda parar a tortura:

— *Esperem! Não estão a ouvir?*

Os outros nada escutam. Mas Lourenço de Castro se apercebe de uma qualquer presença. E suspende a sessão.

Na terceira noite, Marcelino se tentou suicidar. Com um osso que sobrara do jantar ele cortou os testículos. Madrugada, o soalho estava ensopado de sangue. Não se notava sobre a cera encarnada que cobria de natural o chão. Encontraram o mecânico de cócoras, embrulhado na manta vermelha. Se mantivera assim para que se não notasse o sangramento.

De repente, Irene irrompeu pela cela. Quem a chamara ali, naquele momento? Lourenço sempre desconfiou ter sido o cego que cirandava nos arredores da prisão. Irene correu a abraçar o seu amado. Mas ele estava já vazio, seco até ao osso. Os olhos permaneceram escancarados, empedernidos. A vida ali só podia ser olhada por quem já nada via. Aqueles olhos se espetaram na alma de Lourenço de Castro, como zagaia para sempre cravada em seu sossego. Agora, tantos anos depois, esse mesmo olhar ainda se vingava, subtraindo-lhe o sono.

— *Quer que o adormeça, filho?*

— *Mãe?!*

— *Estou aqui, meu querido.*

— *Me fale de tia Irene. Me fale dela, por favor.*

— *Deixe Irene em paz. Ela é sua tia, quantas vezes já lhe disse?*

— *É minha prenda de anos, mãe. Peço-lhe, peço-lhe tanto. Me fale dela e vai ver que adormeço logo. Me conte quando ela era moça...*

27 de Abril

«Ingénuo não é o que acredita mas o que pensa que os outros também acreditam»

Desabafo de Lourenço de Castro

Lourenço de Castro ostenta olhos de falecido, todo terminado, mas espantado de ainda viver. O escuro vem de olhar a luz toda de repente? A queda do regime lhe parece tão impossível, que é como se nada tivesse ocorrido. Uma inteira vida dedicada a uma causa tropeçava no nada, transfeita uma catarata. O rio cai onde? No rio. Igual e igualmente, o desacontecimento do 25 de Abril, como já lhe deitavam nome. O tempo cai sobre o tempo como lagarto que se nutrisse de sua própria cauda. Lourenço se interrogava: e agora que categoria lhe competia? Inspector, a título desonorífico? Que futuro lhe cabia, agora, a contas com a injustiça?

— *Cabrões, agora é que vão vender esta merda aos comunistas. Que vendam, que isto tudo se afunde mais os pretos.*

Passa em revista a presença branca em Moebase, nestes últimos dias. O administrador do distrito? Tinha ido à metrópole em missão. Partira em meados do mês de Março, não dera mais notícias. Ao que se dizia ia esclarecer assuntos delicados. Havia queixas sobre maus tratos praticados pela forças policiais. Dedos acusadores apontavam para Diamantino e Chico, os dois castigadores. Quem os denunciou? Lourenço de Castro suspeitava do padre Ramos, esse metediço em assuntos da governação. A propósito: onde parava agora o padre? Corriam rumores de que ele tinha ido à base dos guerrilheiros. Castro até rezava: oxalá o padreco tenha pisado uma mina para saber com quantos paus se desfaz uma canoa. E Peixoto, o médico? Esse era o que ainda restava por ali. Suspeito, como todos, aos olhos de Castro. Pois ele sempre se recusara a assistir aos presos. Para o inspector o quadro de Peixoto tinha título e moldura: um mole, descaroçado, demasiadamente médico. E muito metido a acompanhar Irene. Quem sabe, Deus o perdoasse, tinha sido mesmo ele a engravidar a tia? Que mais brancos restavam? Só ele e Diamantino. Não era demasiada fortaleza para pouco soldado?

Lourenço encolhe os ombros, sacudindo responsabilidades. A política que fosse debicar em outra capoeira. Afinal, tia Irene em estado lhe custava mais que as mudanças em Portugal. Irene louca ainda era suportável. Irene grávida, isso é que não.

O inspector procura pelo quarto seu pano de adormecer. Não o encontra. Num canto está o resto quebrado do cavalinho. Ele segura os fios azuis da crina e os acaricia como se fossem cabelos. Finalmente, suas mãos se despenham, sem substância. Abre a gaveta e retira o revólver. Revira a arma como se nela procurasse espelho, a devolução de sua alma.

— *Vou matar aquele filho da puta daquele cego.*

Sai, passos decididos como se uma estranha força o conduzisse. Encontra Andaré atravessando a ponte de madeira. O cego regressa de casa da adivinha. Consultara Jessumina para saber do 25 de Abril: seria aquele o dia em que recuperaria as visões?

— *Agora é que vou ver?*

— *Não. Você tem que esperar por outro vinte e cinco.*

Andaré Tchuvisco caminha com razões para tristeza. Seu passo se demora, ziguezagueando como camaleão. Tem, por certo, medo de tombar. Ali é onde o riacho se embarriga, dando sobras de águas, transvazado nos matagais. É dessas noites escuras, até o luar parece negro. O cego nem logo distingue a exacta presença. O português se achega a Tchuvisco, estende-lhe a pistola e diz-lhe:

— *Vê o que trouxe para ti.*

O cego sorri, entre curioso e intrigado. Estende as mãos e segura o revólver. Seu tacto, no início, desconhece o objecto. As suas mãos ávidas cheiram a escura forma. De repente, sucumbem ante o descoberto. Lourenço lhe retira a arma, com um sacão.

— *É a mim que vem matar?*

— *Há muito que eu sei quem tu és: um turra, preto-vermelho.*

— *Eu não sou da Frelimo, senhor Castro. Juro, não sou.*

Lourenço de Castro não via caras nem corações. Seu olhar era humano? A alma de um bicho espreitava naquelas janelinhas do rosto dele. De repente, um pontapé cruza o ar e faz vergar Andaré. O cego dobra um gemido, mais surpreso que doído. O pide parece ter sido atingido pelo mesmo golpe. Se queixa da perna, as duas mãos cruzando os joelhos. Depois, se aquieta, quebrado quem sabe por remorso. Se senta no passeio e deixa pausar um silêncio. Espreita o agredido, quer certificar-lhe o acaso de um sangue.

— *Não sei por que te bati.*

— *Não sou um terrorista. Eu disse a verdade.*

— *Queres saber a verdade? Pois, a verdade é que já não quero lá saber dessa merda, isso morreu tudo para mim.*

— *Então por que me quer matar?*

— *Por causa de Irene!*

— *Irene?*

— *Ela está prenha.*

O cego se endireita, gemente. O pontapé, em suas costelas, ainda não se esquecera do resto do corpo. Como se ainda estivesse ali a bota, se espetando na carne e no osso.

— *Você pensa que fui eu que engravidei Irene? Não fui, nunca me rapazinhei com ela. Juro, nunca pombinhámos os dois.*

O português se distrai em sua derrocada, cabeça entre os braços. A arma esquecida, ao lado, tornada em inutensílio. Lentamente, o cego se aproxima da pistola. Se senta junto, às apalpadelas ele vai sondando o escuro. Andaré tacteia a arma e disfarça-a por trás das costas. De repente, se ergue num salto, corpo em jacto. Num fulminar, a pistola relampeja em sua mão. O português não se refaz do susto, desolhudo perante a transmudança. O cego agarra-o. Uma mão o enrodilha pelo pescoço, outra mão segura a pistola. Arrasta-o, arma bem cravada na testa.

— *Agora, Lourenço de Castro, agora sou eu que o vou matar a si.*

O pide está tão surpreendido que nem reage. Está ali, pela primeira vez, à mercê de desqualificado inimigo. E já confere despacho a sua alma, antecipado no derradeiro juízo. Mas o cego não parece apressado em desferir sentença. Ao contrário, ele senta sua voz num convite a muitos dedos de conversa.

— *Você se lembra de mim no jogo da sirumba?*

O português, esgazelado, olha Andaré como se o desconhecesse.

— *Não se lembra, senhor Castro?*

— *Jogo da sirumba? Deves estar a gozar comigo.*

— *Jogámos sirumba, juntos. Não lembra? Éramos crianças, você e mais eu. Brincámos juntos, não recorda?*

— *Não lembro a ponta de um corno.*

— *Foi uma única vez. Éramos equipa de Pebane, não lembra? Ganhámos aos de Moebase, ganhámos aos do Gilé.*

Se o cego enxergasse direito, repararia num rebrilho nos olhos do branco. Mas foi luz de pouca duração. Pois logo a voz de Andaré lhe faz tombar o rosto.

— *Brincámos, no enquanto fomos crianças. Depois, lhe proibiram. Seu pai proibiu. Você até apanhou por causa de brincar com gente da nossa raça. Não lembra ter apanhado?*

— *Apanhei tantas vezes...*

— *Mas dessa vez foi por causa de mim. E isso eu não esqueço.*

Andaré pega na arma e atira-a para longe, como se lançasse pedra à lua escura. Se escutou o baque do revólver em solo de água. Parecia era o chapinhar do pé do diabo, em retirada do mundo.

— *Agora, se cala e me escute de uma vez.*

Tchuvisco enche o peito e desata a lembrança. Sua vida desfila, um rosário de palavra. Que ele entrara cedo na vida do pai Castro, em Pebane. Sua cegueira não era de nascença. Nesse tempo ele e o mundo se olhavam, olhos nos olhos. Suas artes eram a pintura dos carros, biscate na oficina de Custódio Juma e do mulato Marcelino. Fora recomendado pelos padres. Eles queriam que ele saísse da escola da missão porque achavam que ali se formavam subversivos, quadros nacionalistas.

Assim, foi mandado ajudar nos serviços da cadeia. Seu trabalho era pintar as salas de tortura. Era essa a tara de Joaquim de Castro. Sangue era coisa para ser lavada, no imediato chão. Mas o pavimento estava preparado de vermelho, encerado das cores do sangue. Nas paredes, no tecto: isso é que não. Assim, todas as tardes ele passava a inspeccionar a branquidão das paredes interiores da prisão. Nessas visitas ele viu muita coisa, assistiu a casos que nem devia. E não foram só porradas, palmatoagem, torturas.

— *Vi outros abusos, ofensas sexuais.*

O praticante era o pai Castro. Sim, ele mesmo. O inspector Joaquim de Castro se roçava, lascivo, pelos presos. Depois de bem batidos, ele os chamava e lhes acariciava as pernas, as costas, as nádegas. Depois, consumava amores forçados com os prisioneiros.

— *Sem querer, surpreendi seu pai numa dessas desavergonhices.*

Se suspendeu, encostado no silêncio da parede, esquecido que era aparecível mancha nesse fundo branco. Flagranteado, Castro ordenou que ele ficasse preso a partir desse instante. Não era o medo de cometer abusos que o amedrontava. Todos os pides o praticavam. O que lhe trazia angústia era descobrir-se que ele trocava sexo com homens, ainda por cima pretos. Durante umas tantas noites adiante, o pai Castro se enormizava, de encontro à parede:

— *Vou matá-lo.*

— *Eu não vi nada, patrão.*

— *Te arranco a língua. Mais os dentes, a maxila, o focinho todo inteiro.*

De cada vez que Joaquim de Castro entrava na cela Andaré exercia o acto de contrição, crendo ter chegado o penúltimo suspiro. E chorava, convulso:

— *Eu não vi nada. Juro que não vi.*

— *Não viste, nem vais ver. Ai de ti, se abres o bico.*

Aconteceu o seguinte: a imprevista não sucedência. Isto é, Andaré não foi morto. Ou como se dizia na linguagem da PIDE: não foi desacordado. Porquê? Talvez que sendo protegido dos padres, o moço ganhasse vantagem. Os padres já não andavam de muita satisfeição com os maus tratos cometidos pela polícia colonial. Se Andaré se extinguisse haveria muita perguntação. E o Castro não podia ter certeza de que o moço não tinha já falado.

O pide não podia deixar o destino em mãos alheias. O plano se desenhou em sua mente. Maldito e feito. O pintor seria convertido em cego. Depois, se transfeririam todos para outro lugar. Andaré Tchuvisco viria com a família Castro para Moebase, fosse um moço adoptivo. Nesse outro lugar, seria apresentado como se fosse cego de nascença. Assim se anularia a possibilidade de ele alguma vez ser denunciado.

— *E foi tudo isto que se sucedeu, foi assim que fiquei cego.*

Andaré parece ter expirado os próprios pulmões. A confissão lhe desfolegou as entranhas, cansando-o até ao limite. Lourenço de Castro, ao contrário, parece ter perdido funções. Demora vir à superfície. Mas se faculta, veemente:

— *Mentira! Isso é mentira!*

O português se encrocodila, a raiva parece incendiá-lo. Se ergue e descaminha, evoluindo de nada para nenhures. Vai repetindo:

— *É mentira, é mentira!*

O português se afasta, rumo aos pântanos. Suas pernas se afundam no falso chão, areias movedoras. O pide se deixa engolir pelas trevas. De longe, o cego grita:

— *Mentira é eu ser completamente cego. Está ouvir, seu tuga da merda? Porque eu, caraças, ainda vejo sombras. Sombras, como você.*

Mas o português já não escuta. Está encostado num tronco de mangal, naufragado no meio do matope. Ele devia ter raiva, querer morder, matar. Mas, agora, ele quer ser nada, simples migalha de nenhuma coisa. É como se uma nuvem se esfarrapasse e o céu todo se desmanchasse. E ele já não tivesse nem pensamentos nem vontades. Todo o seu querer ficou nesse outro que ele foi. Agora, Lourenço é um búzio que ensurdeceu.

28 de Abril

«Certa vez eu vi a grande ave dos oceanos. Tinha chegado à costa exausta e embateu num farol. As grandes asas estavam quebradas. Eu olhei aquele bicho como olho os homens brancos. Pássaros de asas viajadoras mas que chocam contra luzes que eles mesmos inventam»

Declaração de Jessumina

Jessumina se surpreende ao ver o inspector Lourenço, abandonado como um desfarrapo no meio da lama. Na paisagem, o polícia não tinha mais aparência que um amarrotado lixo. A adivinha ajuda-o a levantar-se, traz-lhe de volta os sentidos. Arrasta-o para a margem, na vantagem de uma sombra. Depois, Jessumina arruma uma capulana escura, sacode de um saco réstias de areia preta. No enquanto, se explica: ela regressa de missão de espírito.

— *Acabei de matar o cabrito preto.*

— *Quero lá saber de cabrito ou de cabrões.*

— *É que tive que limpar o chão.*

— *Este chão já não tem limpeza possível.*

— *Não vê que a terra ficou suja com esse raio que caiu ontem? Agora foi preciso tirar o relâmpago da terra.*

— *Eu é que fui atingido por um raio. Um raio que me partiu a alma.*

A adivinha parece não escutar aquele sentimento coalhado, o maligno azedume de sua voz. Fixa-o de seu assento, com olhar de despedida.

— *Me diga, senhor Lourenço. Com esta nova situação, o que é vai fazer?*

— *Sei lá.*

— *Mas tem que saber. Ou os outros vão saber por si.*

— *Isto não vai ficar assim. A minha gente não vai deixar isto ficar assim.*

— *O senhor já não tem gente nenhuma, senhor Castro. Vá-se embora daqui, sem mais demora.*

— *Não posso, ainda tenho coisas a fazer aqui.*

— *Ao menos, deixe eu levar Dona Margarida, sua mãe. Eu acompanho a senhora para Pebane. Lá, a senhora apanha um barco. E o senhor vai junto com ela.*

— *Eu não vou, fico por aqui. Vou morrer aqui, já sei.*

— *Deixe disso, senhor Castro. Ainda lhe vou convidar para a festa da nossa Independência.*

— *Preferia morrer a ver essa tragédia.*

— *Este vinte e cinco ainda não é nada. Hão-de vir outros vinte e cincos, mais nossos, desses em que só há antes e depois.*

— *Prefiro morrer.*

A adivinha faz de conta que não ouviu. Parece, antes, preocupada em alisar os nós de seus dedos.

— *Estou envelhecendo, senhor Lourenço. Até as unhas e cabelos já deixaram de crescer.*

Lourenço de Castro abana a cabeça, em reprovação. Suspira, ruidoso.

— *Sabe como é que eu noto que estou ficando velha? É que me começam a nascer ossos e mais ossinhos, uma constelação de ossos.*

— *Vou-lhe fazer uma pergunta, Jessumina.*

— *Não diga é um interrogatório de polícia, se-*

nhor Lourenço. Veja lá, já está um pouco fora de prazo.

— *É verdade que Irene está grávida?*

Jessumina ri-se, limpa o pescoço roliço. Não era verdade. A tia tinha encomendado a anunciação ao doutor Peixoto.

— *Sua tia queria magoá-lo. Usou essa mentira para o magoar.*

— *Sacana.*

Castro olha de si para si: suas pernas estão todas conspurcalhadas, o matope lhe engomando os movimentos. Pela primeira vez, ele está sujo da mesma matéria com que Irene se manchava. Essa lama que lhe chapeava as pernas, numa pasta cinzenta ao jeito dos elefantes. Parecia envergar África, besuntado dos seus fluidos mais viscerais. Lhe ocorre a lembrança de uma tarde em que o vieram chamar para dar destino a um búfalo que se atolara nos pântanos. O jipe derrapou pelo chão amolecido dos tandos. Súbito, entre as palmeiras lalas, lhe surgiu a besta, meio afundada na lama. Os cascos pisavam subterrâneas nuvens e as pernas já perdiam função. O bicho dava pena: sob o til da cornadura, os olhos vermelhos como se a terra já assomasse em seu olhar, parecia se descobrir subitamente mortal. Impotente, prisioneiro dessa mentira que é haver chão em toda a terra.

O que mais marcou o português não foi a visão desse lento naufrágio. Mas foi o pássaro carraceiro, mais seu bico vermelho. Já o búfalo submergia, inevitável, e a ave ainda se conservava de pouso em seu dorso. Fosse ele o comandante que afundasse junto com o navio.

A lembrança do búfalo lhe chegava agora, como se tudo pesasse e a ave que pousa na curva do horizonte fosse a pique com o mundo. Lhe doía esse simples ensinamento: tudo é terminável, até o futuro.

Jessumina lhe interrompeu as divagações de lembrança. A mulher fala com disfarçada ligeireza:

— *Eu não lhe queria dizer. Mas ontem apanharam esse seu ajudante, o agente Diamantino. Eu estava lá e vi.*

— *Mataram-no?*

A feiticeira apalpou a humidade no pano, e decidiu mudar de chão. Estendeu a capulana devagar como se fosse a toalha da última ceia. Só então relatou o sucedido. Não era narração de segunda boca: ela testemunhara o sucedido, maneira como fizeram com o agente Diamantino. Primeiro mandaram-lhe despir, tirar as calças. Queriam ver-lhe nu, mexeram na pila dele, espreitaram-no dentro e fora. Depois mandaram mijar e cagar.

— *Mataram-no?*

Jessumina não respondeu. E prosseguiu o relato. Ali estava Diamantino, todo ele de fora, todo cutâneo. Até merecia as penas. Ele que era um brutamonstro se diminuíra uns tantos tamanhos. A curandeira não queria interferir, aquilo era assunto de homem contra homem. Mas à medida que o polícia branco se revelava, ia surgindo perante todos um simples indivíduo, criatura vulgar, mais-que-imperfeita. Esse que tinha cometido tantas torturas, era um homem igual a todos. Branco, é certo. Português, é verdade. Mas um tipo, quase um fulano. Já quase não dava vontade de o matar.

— *Mas mataram-no ou não, porra?*

— *Sim, mataram.*

Pronto, pensou Lourenço. Agora, ele era o último sobrevivente da derradeira embarcação. Se o ajudante Diamantino desaparecera como mandaria espancar os prisioneiros?

— *E o Chico Soco-Soco, também o mataram?*

— *Esse ainda não conseguiram apanhar. Anda por aí, fugista.*

— *Diamantino portou-se com honra?*

— *O gajo era um homem forte.*

— *Ele é que devia ser meu chefe.*

— *Não é verdade. Os fortes é que devem ser comandados. Você está bem, assim, como chefe.*

— *Já não sou chefe de nada.*

Silêncio. Lourenço velava a memória de seu compadre? Ou antecumpria seu próprio luto? Jessumina olhou o branco e sentiu-lhe pena. Aquele homem nunca iria entender o que se passava. Porque em Moebase não sucedia nada. Tudo continuava nem no mais nem no menos. Não era esse dia, o 25 de Abril, que fazia o antes e o depois daquela terra.

— *Não admito que tenha pena de mim.*

— *O senhor já não tem perna, mas quer dar o pontapé.*

— *Esteja é calada.*

Jessumina esfrega as pernas gordas, arredonda os joelhos, como se serenasse antigos reumatismos.

— *Ouvi dizer que foi o seu aniversário, um desses recentes dias. Eu passei lá, não vi nem ouvi nenhuma festa, senhor Lourenço.*

— *Era eu e minha mãe. Mais ninguém.*

Jessumina retira do saco uma qualquer coisa. Com esse nada ela inventa uma vela. O português, desconfiado, segue a encenação. Os gestos da gorda recriam o fósforo, riscam a nenhuma caixa. E se ajoelha, arrumando o espaço. Faz de conta o bolo, faz de conta as cores, a família, a música. Só a voz dela é que não se inventa. São os reais acordes do «parabéns a você». Sem as palavras, apenas a entoação rouca da canção.

29 de Abril

«Vou-lhe explicar uma coisa — o que é triste é morrermos da morte de um outro. Quer dizer: cada qual tem a sua própria morte, única e exclusiva como a vida. Esse é o momento final que nos está destinado. Mas, às vezes, uma outra morte, por engano, cruza connosco. Assim é que é triste morrer»

Memórias do tio Custódio

Lourenço é acordado por Andaré. Pensa: agora é que ele me vem matar. Por debaixo da almofada retira a faca-de-mato. Mas não. O outro se explica e desfaz o equívoco: o cego simplesmente é portador de uma mensagem de Jessumina. Ela levou Dona Margarida pelo rio, foram para Pebane. De lá é mais fácil sair de Moçambique. Dizem: os brancos de lá estão fugindo para a África do Sul. Lourenço de Castro se alivia — a mãe. Como ele se tinha preocupado pouco com ela naqueles últimos dias! Ele que sempre se ocupava religiosamente dela. As sucedências dos últimos dias lhe roubavam até a substância de seu caseiro coração.

— *E Irene também foi?*

— *Não. Ninguém sabe dela.*

Andaré já se vai retirar. Lourenço pede-lhe que fique. Quer conversar. Oferece um copo ao outro mas logo se arrepende. A mãe tinha quebrado todas as loiças antes de se retirar. Não ficasse nada para ninguém. Que ela sabia que o filho iria também no rumo que ela tomasse. E Lourenço, cumprindo suas ordens, deitaria fogo ao que restasse. Mas não sobrasse nada para os negros.

O cego sente o estalar de vidros por baixo dos pés. Mesmo calçado parece recear pisar em falso. Nunca ele escutara tal amansamento nas falas do polícia. O cego estava de aviso: para os brancos, o preto é santo ou demónio, transitando da inocência para a malvadez sem nunca passar pelo humano.

— *O senhor quer falar comigo?*

— *Essa história é verdade? Essa história de ter sido o meu pai quem o cegou?*

Tinha sido assim: Joaquim de Castro lhe esfregara os olhos com seiva da árvore do mukuni. Uma, duas, muitas vezes. Os olhos começaram a clarear, até ficarem da mesma cor dos de Irene: azuis, da descoloração celeste.

— *Nunca contou isso a ninguém?*

— *Nunca.*

O pide se confessa: também ele tinha sua deficiência. Não era defeito de visão mas falta de outras luzes que nos desvendam para outras vidas. Não pedia muito. Queria ter um filho. Era isso que mais queria: ser um pai extremoso. Porque Joaquim de Castro, seu pai, nunca o tratou com ternura. Meiguice era coisa de mulheres. Para ele, aquele filho tinha sido apropriado pela mãe. Não era dele.

— *É por isso que me deu tanta raiva saber que Irene estava grávida. Era eu que queria um filho.*

O português aponta para os restos do álbum fotográfico. Tudo rasgado. As imagens de Irene, as fotos de família: tudo desfeito. Lourenço de Castro aponta, mas não diz nada. Queria mostrar ao cego esses estilhaços. Mais o álbum tristonho no chão como um desembrulho. O português sente ainda essa luxúria de ter rasgado não fotografias, mas o próprio tempo.

— *Me confesse, você ainda sente medo de seu pai, o velho Castro?*

— *Medo, não. Nem sei o que é.*

— *Mas, lá no helicóptero, quando ele gritou para você o salvar? Você ficou parado. Nem mexeu um dedo.*

— *Não sei. Não quero falar disso agora. Meu pai cegou-o. E eu não tenho culpa.*

— *Seu pai não me cegou. Eu enganei-o.*

— *Você é mais cego que um nó.*

— *Vejo pouco, sim. Mas até prefiro assim, tudo em sombra. Além disso, tenho olhos azuis, cor dos brancos.*

A Lourenço de Castro irritava era esse sim e não dos assuntos em África. Esse poder ser e não ser, essa líquida fronteira que separa o possível do impossível. Como se a verdade, nos trópicos, se tornasse em coisa fluida, escorregadiça. O que agastava o português era o ser enganado sem nunca lhe chegarem a mentir.

— *Sabe uma coisa? Eu nunca acreditei nessa sua cegueira.*

O português explica-se: não era simples desconfiança, não. Até porque Lourenço nunca fora levado. Se via que o homem via. De um cego se espera o desaspecto, cabelos baldios, desmazelo. Porque ele não tem onde afinar sua imagem. Não era o caso de Andaré que se apresentava sempre cheio de aspecto.

— *Ser cego era minha arma. Ninguém está autorizado a chatear um cego.*

A exibição da fragilidade é a defesa do fraco. Agora, estão ali ambos, branco e preto, com suas fragilidades de fora, sem terem-se medo. Lourenço conserva a faca-de-mato na mão esquerda. Olha-a vazio, como se contempla um inutensílio. De repente, o inspector levanta-se e se dirige para a saída. O cego se repentina também, os dois disputam a porta, em mútua atrapalhação.

— *Onde vai?*

— *Vou soltar aquela gente.*

— *Não vá. Eles o matam logo a seguir.*

— *Não matam.*

— *Você sabe o que vai acontecer. Não faça isso.*

— *Tenho que soltar. Minha mãe pediu tanto.*

— *Dê-me a chave, senhor Lourenço.*

— *Para quê?*

— *Eu vou lá. Sou eu que vou abrir, a mim não me hão-de fazer nada.*

O português se assenta vencido por insuportável peso. Estende a chave a Andaré. Mas este não reage. Lourenço agita as chaves mas nem assim. Afinal, o outro não vê de verdade. Ou pretende simplesmente que ele se levante e entregue as chaves, em prova de sujeição? O branco atira as chaves para o chão. O silêncio como demorada poeira fica assentando no quarto.

— *Então vai ou não?*

— *Não posso, agora. Nessa hora só vejo sombras. Mas, de manhãzinha cedo, é a primeira coisa que faço.*

Ao português lhe apeteceu dizer de sua gratidão. Mas pensou ser demasiado. Puxa o cortinado e espreita a lua crescente. A faca ainda está em sua mão, nela se espelha uma réstia de luar. Triste como a gaiola depois do pássaro, Lourenço se rarefaz em tempo de maré vazante. O português se retira para a varanda e se encosta no parapeito a espreitar a noite. Em volta o mundo esvanece. Quantos soldados estariam enterrados por esses matos? Agora ele sabia: toda a guerra dura demasiado. Fica-nos não a picada, mas o insecto despertando-nos para vazios. Vivemos de lâmina entre os dedos, golpeando a nossa ração de tempo, servindo-nos de magra fatia de ilusão. Na guerra, seguramos sempre a faca pelo gume.

— *Isso na sua mão, senhor Lourenço, isso é uma faca?*

O português olha a faca, seus dedos acariciam a madeira do cabo. E lhe cresce um arremesso de esperança. Basta, na faca, a visão doce da madeirinha, para que nela espreite a inteira vida. Para que a boca volte a crescer, umbilical.

— *E você, Lourenço de Castro, vai fazer o quê? Vai ficar aqui?*

Já nem sabia. Agora, que já não queria ficar, ele já não tinha para onde ir. O preto insiste:

— Porquê não volta para a sua terra?

— Eu já não tenho terra nenhuma. Minha mãe, sim, ela tem terra.

— *Você quer ficar em África?*

— *Vou-lhe dizer uma coisa, Andaré. África teve duas grandes tragédias: uma foi a chegada dos brancos; a outra vai ser a partida dos brancos.*

— *Quem disse isso?*

— *Li em qualquer lado.*

— *Aposto foi um branco que escreveu. Deixe que sejam os pretos a escrever sobre eles mesmos. E, agora, o senhor se vá, meta-se pelos caminhos. Para você, aqui há pouco mundo.*

— *Eu queria simplesmente ver Irene.*

Lourenço convida o cego a passear. Que ele não podia ficar mais tempo parado, à mercê da tristeza. Os dois caminham. De vez em quando, Lourenço pára e faz tenção de ajudar o cego. O outro sempre recusa, com tal delicadeza que até parece aceitar. O pássaro pousa em ponta de zagaia?

— *É pena você não ver. A noite está estrelada.*

— *O que importa não é passear de noite mas deixar a noite passear-se em nós.*

— *Sabe que eu há anos que não saio de noite.*

Nem precisava, pensou de si para si. Sua vida tinha sido triste e nocturna. Para o cego aquela é a confirmação. Não são os brancos que são gente sozinha. Sua cultura é que é muito solitária.

— *Eu tinha essa grande crença, sabe. Quase eu não precisava de ter pai. Havia Salazar, a pátria, a ordem.*

— *Esse é o problema das crenças: todas são mortais. Algumas chegam mesmo a ser mortíferas.*

— *Não creio. Sem crença o que somos?*

Andaré tinha suas crenças mas sabia duvidar delas. Quando lhe lavaram os olhos com seiva do mukuni outras visões se abriram para ele. A cegueira lhe deu nova luz dentro dos sonhos. Antes, ele sonhava ser como um branco, mezungando-se pela vila até fazer inveja.

— *Os portugueses estiveram tanto tempo fechados connosco que agora há os que querem ser iguais a eles.*

Esse era o seu constante sonho. Depois, ele se confortou melhor consigo mesmo. Vestiu-se melhor com sua pele, configurado na alma em que nascera. Seu medo era esse: que esses que sonhavam ser brancos segurassem os destinos do país. Proclamavam mundos novos, tudo em nome do povo, mas nada mudaria senão a cor da pele dos poderosos. A panela da miséria continuaria no mesmo lume. Só a tampa mudaria.

30 de Abril

«Nossa tristeza é a seguinte: ganhámos sem nunca chegarmos a ser vencedores»

Voz de Marcelino,
vinda do seu último chão

Manhã cedo. O cego Andaré segue pelo carreirinho entre os coqueiros, em direcção à cadeia da PIDE. Leva na mão a chave da prisão. A alegria lhe abalroa o peito. Seus irmãos se libertariam de vez daquela grade. Seria aquilo coisa de acreditar?

Ele se vai guiando pelas sombras, ondulações de cinzento em fundo cinza. O dia está claro, a luz tão límpida que seus olhos parecem enxergar mais longe. Passa pela margem dos pântanos e pressente as garças como lenços brancos, em drapejos de adeus. Pára, sacudido por miragem. Lhe parece, entre os caniçais, a figura de Irene. Vem acompanhada de Jessumina. As duas estão caminhando na lagoa, a água roça-lhes os joelhos. O cego grita:

— *Irene! Menina Irene!*

As mulheres erguem o rosto, surpresas. Pareciam não esperar ninguém, manhã tão prematura. Irene ainda acena. O cego corresponde. E um aperto lhe retrai o gesto. Aquele aceno era o da despedida? Andaré esgueira o olhar para aperfeiçoar o horizonte. As mulheres caminham para o centro do lago.

Quando a água lhes dá pelo peito, Jessumina pára e passa as duas mãos pela cabeça da branca. Depois, a adivinha lhe vira costas. Irene segue avançando, em demorado naufrágio, até submergir por completo na lagoa. O cego reza para que tudo aquilo não seja mais que desvisão. Dessas imprecisões que nascem de seus olhos adoecidos. Passa as mãos pelas pálpebras como se buscasse um mata-borrão para aquelas desfocadas imagens.

De repente, lhe chega aos ouvidos a algazarra de gente correndo. O clamor e a vozearia chegam no mesmo caminho, mas em oposta direcção. E começam a passar por ele homens correndo, cantando e gritando. São os presos que escapam da cadeia. Quem os soltara?

Andaré apressa-se o quanto pode. Junto à prisão se aglomera gente, em confuso atribulício. O cego vai-se esgueirando e penetra nas entranhas do edifício. Não há ali ninguém. Seus passos ecoam no corredor. As portas gemem, ao sabor da brisa. Milhares de papéis se borboleteiam pelo chão.

— *Inspector Castro!*

Andaré chama, sem convicção. Sabe que não haverá resposta. Retarda o passo ao chegar à sala da tortura. Um corpo atrapalha o caminho, à entrada. É Chico Soco-Soco, o cipaio torturador. Tinha sido morto à pancada. Andaré dá graças de ver tão inexactamente. O homem tinha sido estrilhaçado por mil vinganças. O cego entra na sala Kula, o lugar das torturas. Se apercebe das manchas vermelhas na parede. E no chão, estendido, está Lourenço de Castro.

O cego fica à porta como se lhe doesse entrar. Parece triste como água num poço. Uma mão sobre o ombro o assusta. Reconhece o rosto. É um ex-preso que entende ver, em último relance, o lugar onde tanto sofrera.

— *Mataram Lourenço?*

— *Nós matámos o pide preto.*

— *Então quem matou o branco?*

— *Cada qual mata o da sua raça.*

E o preso, sem mais, se extingue no escuro do corredor. O cego fica só, com essa dúvida roendo-lhe a mente. Quem matara Lourenço de Castro? Por momentos, naquele silêncio de tumba, lhe parece reconhecer um perfume familiar. É aroma de mulher. Num instante, as memórias se avalancham. Passam Custódio, Marcelino, Dona Graça, os idos e revindos, cores antigas que agora se convertiam em sons. Das lembranças emerge uma indefinível voz que murmura o que ele, no momento, deve executar.

Andaré Tchuvisco vai à arrecadação da prisão, traz uma lata de tinta branca e um velho pincel. E com amplos gestos ele espalha largas demãos sobre a parede. A cada pincelada, a paisagem do quarto se lava. Não há sangue, não há desordem. Não é só o morto que se esvai: a própria morte desvanece. O cego sente que seus olhos se tornam mais inundáveis. Como se abrisse um imenso pátio onde toda a luz se espraiasse. E sente que a prisão, a cada pincelada, se vai dissolvendo, a pontos de total inexistência. Como se o pincel que empunhasse fosse areia, na mão do vento, apagando pegadas no deserto.

Glossário

Assimilado: categoria social do regime colonial que privilegiava negros que assimilavam a cultura portuguesa, em oposição à categoria dos chamados indígenas.

Maçaniqueira: árvore de fruta (*ziziphus mucronata*).
Matope: lama, lodo.
Mezungar(-se): tornar(-se) um mezungo (branco).
Micaia: acácia ou outra espécie arbórea espinhosa.
Moya: espírito, alma.
Mukuni: árvore do sândalo.

Nyanga: feiticeiro.
Nzuze: espírito que reside nas lagoas.

Palmeira lala: variedade de palmeira do litoral (*Hyphaene crinita*).
Sirumba: jogo infantil.

Tando: o mesmo que dambo — zona saturada de água em regiões baixas da savana.

Xigubo: dança.
Xitolo: loja.